JN210671

桜花傾国物語

月下の親王

東 芙美子

white heart

講談社X文庫

目次

藤原氏

- ［兼家］
  - ［道隆］
    - 伊周
    - ［皇后定子］＝一条帝
      - 敦康親王
    - 隆家
    - 御匣殿
  - ［道兼］
  - ［超子］
    - 居貞親王
  - 東三条院詮子
    - 一条帝
  - 道長
    - 中宮彰子
    - 頼通
  - ［純平］
    - 花房

※［　］……故人

天皇家

- ［村上］
  - ［冷泉］
    - 花山院
    - 光輝親王
    - 居貞親王
  - ［円融］＝詮子
    - 一条帝＝［定子］
      - 敦康親王

本文イラスト
由羅カイリ

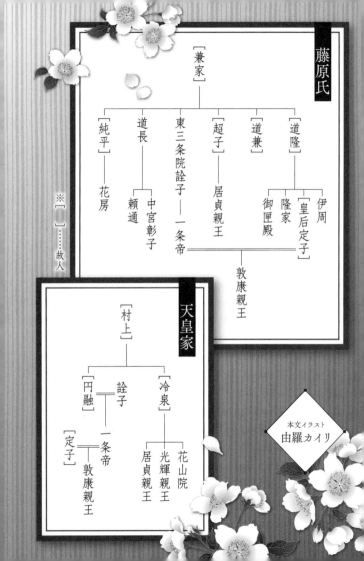

桜花傾国物語　月下の親王

第一帖　帰ってきた親王

ひとつ刺しては　ひたすらに
ふたつ刺しては　深情け
三つ刺しては　御《み》姿《すがた》の
四つ刺しては　夜もすがら
五つ刺しては　慈《いつく》しみ
六つ刺しては　睦《むつ》まじく
七つ刺しては　名残《なごり》おし
八つ刺しては　八《や》百《お》の縁
九つ刺しては　心ごと
十でとうとう　結ばれる

長保《ちょうほう》三年（一〇〇一年）、正月。

宮中をはじめとする女房たちのあいだで、奇妙な唄《うた》が流行《はや》りだした。

昨年の師走《しわす》に皇后定子《ていし》が崩御し、宮中は服喪の重い空気に染まっていたが、人前で笑いさざめけない分、ひそかに伝えられていく流行もある。

喪中の暗さを吹き飛ばすような唄は、どこの誰がつくったか定かではないが、宮中はもとより公卿《くぎょう》の家に仕える女房たちに、またたく間にひろまっていった。

貴族の家に仕える女房たちは、女同士で情報のやりとりに余念がない。女だけのネットワークで流行が発生し、男たちは蚊帳《かや》の外に置かれるという事態となる。

左大臣・藤原道長《ふじわらのみちなが》の邸宅である土御門《つちみかど》邸で、道長の甥《おい》・藤原花房《はなふさ》は、乳母が口ずさむその唄を聞いて、驚いた。かつて耳にしたことのない俗謡の節回しだったからである。

「ねえ、乳母や。その唄、面白いね」

花房の新しい装束を整えながら唄っていた菜花《なばな》の局《つぼね》は、問われると意味深な眼差《まなざ》しで、するりとかわした。

「そうでございましょ。縫い物をする時に唄うと、針が進みますのよ、花房さま」

そうして、鮮やかな緋色《ひいろ》の袍《ほう》を誇らしげに撫《な》でた。

従五位《じゅごい》の花房が出仕する際の袍の色は、緋色と定められている。が、このたび、員数外の〝非蔵人《ひくろうど》〟から正式の蔵人へ昇格するとあって、乳母は装束を新調し、浅い緋色だった袍を、敢《あ》えて色濃く染めた布で仕立て直していた。

五位の装束は浅い緋色が基本だが、一条帝《いちじょうてい》の御代《みよ》になってから、貴族の贅沢《ぜいたく》好みは出仕の際の正装でも顕著になってきていた。たとえ着衣の色が定められていても、染めの深さや鮮やかさで贅沢を競うようになり、五位の緋色も、色味を濃くするのが流行りだった。

「よくお似合いです、花房さま。真っ白い肌に緋色が映《は》えて。ねえ、賢盛《かたもり》？」

賢盛は菜花の局の息子で、花房の乳兄弟。花房の身の回りの世話をする従者でもある。母親に水を向けられても、賢盛はどちらともつかない曖昧《あいまい》な微笑を浮かべた。

花房は乳母へ、すがるような目を向けた。

「ねえ、乳母や。こんなに派手だと、目立ちたがり屋と思われるかもしれない」

「駄目です！　今はこれくらいパッと明るく染めないと、時代遅れと笑われます」

最新の流行を追い求める乳母に、花房は逆らえない。何せ生まれた時から、彼女の言うがままに衣をまとってきたのだ。装束のことで反論などしようものなら、それこそ半刻《はんとき》も説教をくらうだろう。それを考えたら、唯々諾々《いいだくだく》と従うしかなかった。

「……出仕の袍は、これでいいです。それよりも、さっきの唄はどこで習ったの？」

菜花の局は、ほほほと軽やかに笑った。

「女子にしかわからぬ、秘密の唄でございます」

「秘密の唄？」

「そうです。女子の……」

秘密、と言いかけて、女の身に生まれながら男と偽って生きねばならない花房の不幸に思い至ったのか、乳母の声が潤み始めた。

――ヤバい！　また泣かれる！

花房は、賢盛を誘うと、大慌てで馬場へと逃げた。

女性たちのあいだで不思議な唄が流行っても、花房にはまるで無関係の話だ。なにしろ、生まれた時から男として育てられたのだから。

生涯の秘密を背負い、花房は魑魅魍魎《ちみもうりょう》が跋扈《ばっこ》する宮中で泳ぎ回らねばならなかった。

緋の衣も鮮やかに、正式な蔵人として出仕した花房へ、宮廷人たちの投げかける視線は今日も熱い。

――藤原花房、二十一歳、従五位下。

新年の除目《じもく》で、花房は正式な蔵人へ昇格した。だがこの見目麗しい若者が実は女性だとは、宮中の誰ひとりとして知らない。

花房は、母の胎《はら》にいた時に陰陽師《おんみょうじ》たちから「傾国の星の下に生まれる」と予言され、生まれ落ちて後は、男として生きるよう強《し》いられてきた。

女性本来の姿で生きれば、奪い合う男たちが数多《あまた》あらわれ、国の乱れとなる――。

それを避けるために、男の姿で生きる花房だ。宮廷人の嗜《たしな》みである恋は、遠い彼方《かなた》の物語にも等しい。決して触れてはいけない禁断の果実のようなものだ。

だが皮肉なことに、色恋は無縁と割り切って生きる花房の美貌《びぼう》と華やぎは、誰にも摘まれぬ花ゆえに、かえって人目を集めてしまう。

新調した袍の鮮やかな緋色が、花房の白い面《おもて》をより眩《まぶ》しく見せている。眺める女房たちの目つきにも遠慮がない。彼女らは、二十一歳にもなって浮いた噂《うわさ》ひとつない花房を、次の獲物と見定めている。誰が最初に射落とすのかと目を光らせていた矢先に、花房が正式な蔵人へ昇進したとあって、興味はいや増していた。

蔵人は天皇の私的な秘書で、出世コースに乗ったと目される職だ。恋に積極的な女官たちが浮き名を流す相手として、格好の標的でもあった。

ところが、肝心の新蔵人は見当違いの当惑を抱えていた。

――派手な緋色の袍など着てきたから、目立ちたがり屋と思われている……。

花房が小さくため息をつけば、各房にひしめく女房たちのあいだで、噂が駆け巡る。

「今日の花房さまは、蔵人になったというのに、ため息ばかりついているわ」

「恋よ！　恋をしているのよ」

「左大臣さまというお方がありながら、新しい方と？」

「元服前に、どこぞの女房たちを口説きまくっていたお方よ。これから覚醒《かくせい》するわね」

花房には、今は亡き皇后・定子の房に存在する秘密文書を探るため、後宮の女房たちを手当たり次第に口説いていたとんでもない過去がある。それは、花房についてまわる艶《つや》っぽい伝説ともなっていた。

誰のものにもならない〝難攻不落の花〟を狙《ねら》う宮廷人は多いが、本人が並外れて鈍感なため、恋の手練《てだ》れならば勘づく流し目や思わせぶりな会話も、花房にはまるで響かない。

女房たちの視線よりも厄介なのは、貴族たちのやっかみと欲望に満ちた瞳《ひとみ》だ。

「可愛《かわい》らしい童《わらわ》だと思っていたら、いつの間にか蔵人になるとはね」

「左府様の寵愛《ちょうあい》いちじるしい花房だ。これから出世するだろうよ」

宮中を牛耳《ぎゅうじ》る左大臣・藤原道長は、花房の伯父にあたるが、宮廷人の多くはそのことを知らない。それどころか、道長が流した「貴人より預かった者」という嘘《うそ》を真《ま》に受けて、花房の実の父親は先の天皇・花山院《かざんいん》とさえ勘違いされていた。

上皇の血を引き、道長を後ろ盾としているわりには、花房の地位と昇進の速度は控えめだったが、貴族の多くは、このたびの蔵人就任を「はじめの一歩」と踏んでいた。

主上《うえ》のお側《そば》近くに仕える蔵人は、生活を共にしているため覚えがめでたいのだ。

――上卿《しょうけい》の地位に、いずれ食い込んでくる。

貴族たちは花房の立身を警戒する一方で、我が手におさめたいとも思っていた。

一条帝やその母后《ははきさき》の東三条院《ひがしさんじょういん》に目をかけられ、さらに実権を握る道長さえ花房に夢中ときている。身分は従五位と低いけれども、花房には権力者に直結する特別な〝筋〟があり、おまけに美貌の持ち主ときている。公卿のみならず中下級の貴族ですらも、花房を手に入れれば趣味と実益が満たされるとばかりに、虎視眈々《こしたんたん》と窺《うかが》っていた。

「なあ、賢盛。やっぱり新調した袍のせいで、皆が変な目つきで見るのかな？」

無邪気に問いかけられた乳兄弟は、頭を抱えた。

「花房、お前が正式な蔵人になったせいだよ。これから真剣に獲《と》りに来るからな」

「獲りにって？」

「男は趣味と実益でお前を狙うし、女は皆に自慢できる最高の〝飾り〟にしたくて、色目を使ってくる」

花房は、粉飾なしの表現で未来予想を語る賢盛に、困った目を向けた。

「……皆に好かれるのは、ありがたいことだけど」

「花房の場合、天災の域だからな」

何の因果か、肌が桜の薫りの〝惑わしの香〟を発するせいで、男女ともに恋におとしてしまう花房は、〝反射の香〟なる香で体臭を消し、寄せられる好意を袖《そで》にしなければならない身の上だった。この肌の薫りが万人を虜《とりこ》にしてしまうがゆえに、生涯男と身を偽らねばならない。そんな傾国の星の下に生まれた花房には、いつも事件がつきまとう。

新春の内裏清涼殿《だいりせいりょうでん》を包む空気は、「暗い」の一語に尽きた。

昨年暮れに、最愛の后・定子を失った一条帝の表情は、私事の時間はもとより、政務の際にも晴れることがない。宮中の諸処は、定子の死とは無関係に日々の営みを繰り返していたが、主上の周囲だけは笑い声のひとつも聞こえない沈みようだった。

すでに宮中の大半は、定子の存在をなかったものとして扱い、奏上の書類はぞくぞくと届けられる。一条帝はどうにか気力を奮い立たせて書類へ目を通し、あるいは左大臣道長や上卿たちとの打ち合わせをするものの、ふと気がゆるめば、瞳を潤ませていた。

正式な蔵人として出仕した花房は、昨夜《ゆうべ》も泣き明かしたであろう主上の腫《は》れた目元を見て、心を痛めていた。

「花房。そなたもこの春から、蔵人か」

訊《たず》ねる主上の声には力がない。

「はい。勿体《もったい》なきお引き立てにより、よりいっそうお仕えする幸いに恵まれました」

「うむ、これからも頼むぞ、花房。そなたの忠勤を定子も……」

一条帝は、無意識のうちに亡き后の名をあげ、慌てて口をつぐんだ。

周囲に控える者たちが凍りつく。その名を口にすることすら憚《はばか》られる気配に、宮中は満たされていた。

先の冬、世を去った定子は、一条帝にとって、ふたりいる正妃のひとりであった。定子は皇后、そして道長の愛娘《まなむすめ》・彰子《しょうし》が中宮と、正妃の名をふたつに分け、二后並立という奇妙なかたちで、後宮は形成されていたのであるが。

この二后並立は、定子を追い落とす形で彰子が入内《じゅだい》し、同時に中宮の座も奪い取るという、道長の力業によってなしえた異例の事態といえた。そして定子亡き現在、彰子が唯一の正妃となり、その後見は比肩する者なしの左大臣・道長である。誰もが道長の威光に遠慮し、定子の名前すら語ってはいけない空気となっていた。

宮廷を華やかな笑い声で満たした定子の記憶が、花房の中で色あせることはない。ましてや帝《みかど》にとっては、初めて愛を育んだ相手である。定子への想《おも》いを消し去れという方が無理な話だ。

一条帝は、花房の瞳に同じ悲しみを読み取った。

「……そなたの忠勤を、亡き定子もさぞ喜ぶであろう。今まで以上に励めよ」

「はい、今まで以上に心を込めて、お仕えいたします」

花房へ満足げに頷《うなず》いた主上は、蔵人頭《くろうどのとう》・藤原行成《ゆきなり》へ軽く目配せした。

主上の承認がおりた書状を取りまとめて、行成はそれを花房へと渡した。

「では左大臣殿へ、急ぎの文《ふみ》を届けてもらおうか、花房」

道長は左大臣職の執務の多くを、自宅の土御門邸で行っている。彼の邸宅はもうひとつの宮廷ともいうべき様相で、その実態は政治の中心なのだった。

「そなたの初仕事には、面白みのない場所かな?」

道長邸で暮らす花房をからかうように、一条帝は含み笑いをしてみせた。定子と仲睦まじかった頃のいたずらっぽい笑みが、かすかによぎり、花房の胸はまたもや痛んだ。

——主上が心からお笑いになる日は、これから先、来るのだろうか。

愛する者を失った悲しみすら隠さねばならない帝に、全身全霊で尽くそうと花房は誓った。いつの日か、この御方が笑顔を取り戻せるように……と。

「ほう、今日から袍を新たにしたのか」

帝からの書状を持参した花房を一瞥《いちべつ》し、道長はまなじりを下げた。

「よく似合う。それくらい派手な方がいい」

「そうでしょうか。私は、落ち着きません」

「控えめだな。今日から正式の蔵人になったというのに」

道長は、側に控える書記官たちを控えの間へ下がらせると、従者の間に詰めていた賢盛を呼び、花房を身近へ手招きした。

「なんでございましょう、伯父上」

「して、主上の今日のご様子は？」

「……痛々しいお姿です」

「暗いか！　やはり今日も」と、道長は呆《あき》れたように宙を見た。

帝が定子の喪に服して悲嘆にくれるのを、よく思わぬ者もいる。道長もそのひとりだ。一条帝にはまだ、中宮彰子を筆頭に四人の后が残っている。悲しみに沈んだ主上を慰め、その愛情を引き寄せられれば、自らのみならず実家の一族の栄えにもつながる。今までは定子の輝きにかすんできたが、ついに彼女たちにも帝の心を射止める好機が到来したと、喜ばざるをえないのが後宮政治である。

その筆頭が、道長の娘で中宮の位にある彰子だった。まだ数えで十四の若さゆえ、一条帝と真の夫婦にはなっていなかったが、定子に代わって帝の気を引こうと、彰子本人よりも父親の道長が躍起になっていた。

「主上は暗すぎる。お顔を拝するだけで、墨壺《すみつぼ》にたたき込まれたような気になる」

「伯父上、それはあまりに……」

「花房たち蔵人はしじゅう一緒にいて、さぞかししんどかろう」

「主上は大切な方を亡くされたのです。明るくしろというのが無理な話で」

「それそこよ。恋を失った痛手は、新しい恋で癒《い》やすのが一番だと申すではないか」

恋の道理に通じたような物言いの道長だが、本人は恋愛遊戯とはとんと無縁なまま家庭を持ち、子宝にも恵まれている。道長は帝の嘆きに同情するより前に、彰子が他家出身の后を出し抜く手ばかりを考えていた。

彰子は入内の際、選《え》りすぐりの女房を四十人も従え、宮廷人を驚かせた。才色兼備居並ぶ後宮は、帝と上卿たちを常に楽しませるように心を砕き、女房たちは血筋のよさでも他を制していた。また、後宮の調度や書画も超一流の品を揃《そろ》え、芸術への造詣《ぞうけい》が深い帝を取り込むように整えられている。

その趣味のよさを一条帝は気に入っていたが、幼い彰子との会話はうまく嚙《か》み合《あ》わず、昼間に訪れては当たり障りのない交流を持つだけで、入内から一年あまりが過ぎた。

そこへ加えて定子の死後、一条帝は清涼殿へ閉じこもってしまったため、彰子が住まう飛香舎《ひぎょうしゃ》への訪れも途絶えがちなのだ。

「帝の引きこもりに付き合って、陰々滅々《いんいんめつめつ》としていたら黴《かび》が生えそうだ」

根が陽気な道長は、人の死を静かに悼むことが苦手だ。派手に泣いて、悲しみを涙で洗い流したら、あとはさっぱりとしてしまう性質《たち》だった。

「こんな時だからこそ、彰子は宴《うたげ》を開き、主上のご寵愛を確かなものにせねばならない」

「はあ、それもひとつの考え方ではありますが、まだ喪に服していらっしゃって……」

「内輪で気を晴らすのに、何の障りがあろうか。いつまでも泣いていては、故人も後ろ髪を引かれて、浄土へ行かれないではないか」

花房は、一条帝を気の毒に思う。後宮の女性を愛することが政治に直結する身では、定子ひとりを偲《しの》んで泣き暮らすわけにもいかず、他の后の親族を気づかいながら、彼女たちにも愛を与えなければならない。

——主上の傷が、簡単に癒えるとは思えない。

かりそめの明るさを強要する宴に招かれても、果たして一条帝の塞《ふさ》いだ心が浮き立つのだろうか?

「伯父上、悲しみが癒えるには時間が必要です」

「だから癒やして差し上げるのだ、彰子が」

反論を一切うけつけない様子で、道長はつづけた。

「定子ほどではないが、彰子もどうして、若いながらしっとりした風情だぞ」

中宮彰子は、母・倫子《りんし》の賢《さか》しさを受け継ぎ、華やかというよりもおっとりとした聡明《そうめい》な少女だ。出会った誰もが、和んで幸せな気持ちになる。

「確かに彰子さまは、癒やしの麗質をお持ちですが……」

それだけで一条帝の心の傷が塞がるとは思えない。華やかで機知に富んだ定子とめぐるめく恋をした主上は、一生、他の女性には心を傾けないかもしれないとすら感じてしまう。

花房の内心の迷いを汲《く》んで、賢盛がひとりごちた。

「俺、道長様が死んだら、当分外に出たくないけどな。どんな美人が誘ってきても」

その途端、道長はぱあっと顔を輝かせた。顔こそきれいだが、悪口《あっこう》を吐かせたら右に出る者なしの賢盛が、手放しで好意を寄せてみせたのだ。

「そうか！　そうだよなあ。私が死んだら、賢盛は辛《つら》いよなあ」

「だから帝も同じことですよ、道長様」

「わかった！　じゃあ、宴を催して、主上をお慰めしよう。それも最大級のもてなしで」

まるでわかっていない。賢盛がため息をつくと、道長はそれに乗っかる様子で命じた。

「花房。宴で舞え。お前が舞えば、主上も喜ぶ」

「はっ？」

「舞えば、主上の気持ちも浮き立ち、彰子へ心も移るだろう」

そんな都合のいい展開はないぞ、と賢盛が言いかけたが、花房はそれを止めた。

――主上のお気が晴れれば、それはきっと佳《よ》いことで。

「伯父上、私は何を舞えばよいのです？」

「うむ、派手な方がいい。そうだ、『青海波《せいがいは》』だ」

言われて花房は息を呑《の》む。

『青海波』は、ゆったりとした動作を繰り返しながら、優美な男ぶりを見せつける舞である。舞う者の品格を匂《にお》わせる難曲であり、これを堂々と舞いきるには、腕と自信が必要だった。

「私に『青海波』は、無理でございます」

「主上と彰子のためだ。舞いなさい」

「でも……」

「話は以上だ」

それから道長は、花房と賢盛をしみじみと眺めた。

「お前たちのことを、宮中の女どもが狙って、かまびすしいと聞いたが」

花房がポカンとする間に、賢盛が眉《まゆ》を吊《つ》り上げた。

「俺も花房も、女《おなご》には無縁ですよ」

「無縁とは。女子に興味がないのか？」

「俺はともかく、花房は興味ないですね」

「それもおかしな話だな。この私だって、二十歳《はたち》前からそれなりに付き合いはあったぞ」

花房は道長の疑うような目つきから、視線をそらす。

「私はまだ半人前ですから、恋なぞとても」

「そうか。ならば『青海波』の稽古《けいこ》に励め」

花房を奥手だと思い込んでいる道長は、愉快そうに笑った。

「もし女と懇《ねんご》ろになったら、私に報告するように。いろいろと教えることもあるだろう」

「はあ……」

女性よりも政治の世界にどっぷりの道長が、果たして恋愛指南の役に立つのか、賢盛は想像して吹き出した。

＊　＊　＊

薄様《うすよう》に達者な女手で、その文は書かれていた。

「ほほう、またあの変わった蔵人の話か。この春、正式な蔵人へ昇進したらしい」

宇治《うじ》の山荘で隠棲《いんせい》する貴人は、都から頻繁に送られてくる便りを、何よりも楽しみにしていた。気の利いた言い回しと、故事にも和歌にも通じる博識に彩られた文は、実に読《よ》み応《ごた》えがあった。

側に控える女房たちへ、彼は文の回し読みをさせた。

「まあ、宮さま。噂の蔵人は、胡蝶《こちょう》の君と呼ばれているのですって」

「そのようだな。亡き皇后様の宴では、蝶の群れを率いて舞ったとある。都の友の多くも、その噂を書き送ってきたものだが」

「桜の精とも見ゆる、と褒めちぎられてますわね」

「かのお人がそう喩《たと》えるのならば、まさにそのとおりの者であろう」

貴人は物憂げに弄《もてあそ》んでいた扇を、静かに閉じた。白檀《びゃくだん》の薫りが止《や》んだ。

白皙《はくせき》の貴人は、艶めいた唇をほころばせた。

「男にも女にもなびかぬ美男か、面白い」

女房たちに傅《かしず》かれる貴公子の名は光輝親王《みつてるしんのう》。先の帝・花山院の腹違いの弟である。

政治の表舞台に出ることをいとい、和歌や管絃《かんげん》、絵画に明け暮れる趣味人として名高いが、ここ数年は都から離れた宇治で、趣味にのめり込む隠遁《いんとん》生活を送っていた。

都から送られてくる文の数々は、花房を桜の精とたたえ、親王の山荘へ遊びに来る貴族たちも、花房を話題にする。自然と目が吸い寄せられる艶ある風情だと言い、秋波になびかないつれなさを悔しがっていた。

粋を好む光輝親王は恋の風流にも通じている。花房の噂を聞いて、持ち前の好き心が頭をもたげた。噂の花房をひと目見るのも一興だろうと、重い腰を上げる気になったのだ。

薄様の文は、花房が中宮彰子の房で催される宴で『青海波』を舞うと告げていた。

親王が含み笑いをすると、女房たちは色めき立った。

――隠棲していた宮さまが、都へお戻りになる。一緒に都へ還《かえ》れる！

宇治の山荘は、春の花が一斉に咲いたかのごとく、賑《にぎ》わい始めた。

＊　＊　＊

光輝親王が宇治から京二条の館《やかた》へ移り住んだと聞いて、宮廷人たちもさざめいた。

この親王は、母親の身分の低さゆえに、帝の地位を望む立場にはなかったが、その品位と知恵は皆が褒《ほ》め称《たた》える逸材だった。月光を集めたが如き冴《さ》えた美貌は、宮廷一の美男と呼ばれ、かつては多くの美姫《びき》や女房と浮き名を流していた。当時の徒名《あだな》は『月光《げっこう》の宮《みや》』という。

親王を見知った者は皆、宮中に春が再びやってくると、浮かれていた。

当然、親王を直接は知らない花房は、不思議な気分で菜花の局に訊ねた。

「ねえ乳母や、光輝親王さまって、そんなにすごいお方なの？」

「この世のものとは思えぬ神々《こうごう》しさは、まるで月から降臨なさったよう。目が合うだけで腰が砕け、気を失う者がどれほどいたことか」

花房と賢盛は、局のあまりに大仰なもの言いに、顔を見合わせた。

「賢盛。目が合っただけで、女人が気を失うような美男子って見たことある？」

「さあ。あの伊周《これちか》様だって、気絶はさせてないだろう」

伊周は皇后定子の兄で、花房にとっては父方の従兄《いとこ》にあたる。不祥事を起こした廉《かど》で太宰府《だざいふ》へ流されたが、事件以前は飛ぶ鳥を落とす勢いで宮中を闊歩《かっぽ》し、女房たちに黄色い悲鳴をあげさせていた。

「ねえ乳母や、話を少し盛りすぎていないかい？」

「いいえ、盛ってなどおりませぬ！　あなたたちは光輝親王をご覧になっていないから」

「でも……、目が合っただけで倒れるなんて」

「内裏の女房たち、袿《うちぎ》の着込みすぎで、のぼせただけじゃないのか」

口の悪い息子に、乳母のまなじりはつり上がった。

「この母の言うことが信じられないとは、慮外者！」

彼女が真剣に怒っていると知って、賢盛は花房の手を引き、房から逃げ出した。

「母上があそこまで怒るとは、ただ事ではないぞ、花房」

「そうだね。普段の乳母なら、姿のよい方を眺めても、平然としているもの」

「てことは、都へ戻ってきた親王様ってのは、宮中の女を腰砕けにした、とんでもない女たらしってことか」

「花山院さまの弟宮だから……そういう方の可能性は」

先の天皇である花山院は、少年時代から破天荒な女好きで有名であった。

「あの母上が浮き足立つってのは、異常事態だぞ」

「そうだよ、賢盛。菜花の局ほどのしっかり者が、まるで雲雀《ひばり》みたいにはしゃいで」

かすかな胸騒ぎを感じたふたりは、親友に訊ねてみようと思い立った。


賀茂光栄《かものみつよし》は、宮中の信頼あつい陰陽師である。

その館で共に暮らす見習い中の陰陽師・賀茂武春《たけはる》は、光栄とは歳《とし》の離れた従弟《いとこ》であり、花房と賢盛にとっては生まれた時からの幼なじみ。館に閉じこもる職の陰陽師にありながら、身の丈六尺と長身で、武人の方が似つかわしくも見える。事実、顔見知りの武官からは、転職を誘われるほどだ。

身体《からだ》こそ大きいが、気の優しい武春は、親友たちの話を聞いて、困った笑みを返した。

「光輝親王様が、どのような方か教えてほしいって？」

「ああ。陰陽師のお前なら、当然知っているだろう。何せお前の従兄は、光栄殿だ。このたびの帰京について、卦《け》をたてているのではないか？」

「光栄おじへ、都へ入る吉日をお訊ねになったとは聞いているが」

いつになく勢い込んだ様子の賢盛に、武春は訊ね返す。

「今まで雲隠れしていた親王様が、どうしてそんなに気になるんだい？」

賢盛は、美女と見まごう白い面を、親友の前につきだした。

「俺よりいい男なんて、いるわけないと思うが、念のために」

「はあ……」

ため息まじりの武春は、あさっての方を向いて苦笑した。

確かに賢盛は、男の武春から見ても大した美貌である。ただし、造作《ぞうさく》は整っていても性格のきつさが目もとに出ていた。戯れの恋を仕掛ける者がいるとすれば、よほどの命知らずと言える。

「賢盛と親王様は、まるで種類の違ういい男じゃないかな」

「俺だって優雅にしていれば、親王のはしくれくらいには見えるぞ」

賢盛の減らず口に笑い合っていると、花房の袖を後ろからつつくものがいる。

「ん？」

振り向いた花房は、握《にぎ》り鋏《ばさみ》が二本立ちして袖になついている不思議な光景を目にした。

「なっ！　鋏が……」

「ああ、それは光栄おじの式神だよ」

武春はこともなげに言う。

「式神って、紙でできてるとばかり思っていた」

花房から離れようとしない鋏を、賢盛がつつく。邪魔をするなと怒っているのか、鋏はその手を追い払おうとする。

「式神の本体は、精霊や鬼だよ。それを紙の人形にうつせば、紙人形が動くし、鋏に入れと命じれば」

「こうなるわけか」

鋏に入らされた式神は、花房の袖にその身を擦《こす》りつけている。

「光栄どのは、すごいワザが使えるのだね。鋏がまるで生きているみたいだ」

「刃物でなけりゃ可愛いんだけどな」

花房へ甘えている鋏をひょいとつまむと、賢盛は見習いの陰陽師へ手渡した。

「ここまでのワザを習得しろとは言わないが、せめて紙人形くらいは使えないと」

「それを言ってくれるな」

掌《てのひら》の中で、放してほしいと抗議して震える鋏を見ながら、武春はため息をついた。

陰陽《おんみょう》道《どう》の賀茂家に生まれながら、彼には式神を使う霊力は皆無なのだ。紙人形を動かすどころか、式神の存在すら感じ取れず、彼らを自由に扱うなど遠い次元の話であった。

せめて陰陽道の呪文《じゅもん》だけでも、言葉に力が込められればよいのだが、彼の唱える呪文にも魔を祓《はら》う霊力は伴っていない。

自分は出来損ないの陰陽師だ、と武春が表情を曇らせると、囚《とら》われの鋏は同情したのか

「キュウキュウ」と慰めの声をかけた。

「鋏が鳴いた！」

花房と賢盛は、親友の大きな手に囚われた鋏を注視する。

「こいつ、今にしゃべるんじゃないか」

賢盛の無責任な発言に、冷ややかな声が返ってきた。

『話すとは、こういうふうにか』

「──っ！」

その声は館の主人・賀茂光栄のものだ。鋏から直接響いてくる。

「なんと光栄どのの声が、鋏から！」

『これくらいは子供だましですよ』

障子を開けて陰陽師が姿を現した。口は一切動かさないが、武春の持つ鋏から声だけが聞こえてくる。

「すごいな、光栄殿は」

「いや、晴明《せいめい》殿には遠く及ばない」

鋏を受け取った光栄は、軽く撫でると、式神を解放し、鋏を鉄の塊に戻してやった。

「花房殿がいらっしゃると、館の空気が一変するので、すぐわかる」

そう言って微笑《ほほえ》む陰陽師は、花房の宿業《しゅくごう》を言い当て、男として生きる道を強いた張本人であるが、その心根の優しさを花房は幼い頃より感じている。

女としての人生を捨てることで、どうにか平穏無事に生き抜いてほしいと、光栄は常に祈っていた。その温かみを信じればこそ、花房は光栄に何ごとも相談できるのだ。

「さて、おふたりは私に何か訊ね事があるご様子」

光栄は、おそらく鋏に宿らせた式神を使って、会話を立ち聞きしていたようだ。

「宇治から都へお戻りになった光輝親王さまについて、お聞きしたいのです」

「なにゆえに？」

「だって……」

花房と賢盛は先を争うように、菜花の局が手放しで褒める様子を語った。いかなる美男を見てもさほど驚きもしない彼女の騒ぎようは、かつてないことだったのだ。

「花房殿は、人の噂には無頓着《むとんちゃく》かと思っておりました」

「えっ、私が人に無頓着？」

「人間らしいところもおありなのだと、安心しましたよ」

陰陽師は、三人の若者を前に、帰還した親王について語り始めた。

光輝親王は、花山院と同じく冷泉《れいぜい》天皇の息子だったが、母親が受領《ずりょう》階級出身の女御であったため、親王自身も臣下に近い扱いを受けて育っていること。

しかし、その美貌と知性は幼い頃より抜きんでており、母親の立場さえ強ければ、帝につけたいと多くの者が惜しむ人柄だった。端《はな》から帝位争いの埒外《らちがい》にいた親王は、政治の第一線から退き、悠々自適の暮らしをしているが、連歌の会や風雅を愛《め》でる宴には彼を慕う多くの者が集い、文化的なひとつの閥《ばつ》をなしているという。

「都で忙しく立ち働いている公卿たちも、連歌の会には歌を送って、文だけの参加という方もいらっしゃるようです」

「人望あつい方なのだね」

「はい。人を虜にする、特別な空気をまとっていらっしゃる」

そう言うと、陰陽師は花房を案じるような目つきをした。

「花房殿とは異なりますが、人を酔わせるお方です」

賢盛はまだ腑《ふ》に落ちない様子だ。しっかり者の母親が、いつになく浮かれて褒めそやすほどの男とはどれほどのものか、実感が湧《わ》かないのだ。

「親王様が訪れた先の女房たちが、立ち上がれぬまま見送ったという噂は、何度も聞きましたよ」

花房は感嘆の声をあげたが、賢盛と武春は面白くない顔になった。そんな桁外《けたはず》れの人物と花房を会わせたくない。それが彼らの本音だ。

「光輝親王様にお会いすれば、特別な星の下に生まれた方だ、とわかりますよ」

光栄の言葉が、やがて大きな実感を伴うなど、この時の三人には予測すらできなかったが。

　光栄邸での歓談を終えた花房が土御門邸へ戻ると、道長の妻・倫子《りんし》の侍女が、呼びにやってきた。花房が非番の日を待ちわびての呼び立てである。

　近頃の花房は、出仕の時間も長くなれば、つきあいで宴へ呼ばれる機会も増えてきた。その分、同じ邸内に暮らす道長の妻子とは、顔を合わせる機会が減っている。

「倫子様のことだ。きっと美味《うま》いものを用意して待っているぞ」

「勿体ないことだよね」

　花房と賢盛が滑るように北の対へ入ると、倫子づきの女房たちが、わっと賑わう。落ち着き払った房内は、花盛りの杜《もり》へ変わったかに見えた。

「花房、やっと捕まえられました」

「すみません、倫子さま。どうにも宮中の仕事が増えましして」

「頼もしいこと。でも、私たちを忘れてはいやですよ」

　皇統の源氏出身の倫子は、品がよくおっとりとしている。鷹揚《おうよう》で慎《つつ》ましやかな佇《たたず》まいに、花房はほっと安らぎ、皮肉屋の賢盛も牙《きば》を引っ込めて甘える気配に転じた。

「花房兄さまー」

そう言って、花房に飛びついてきたのは、この家の跡取り・頼通《よりみち》だ。中宮彰子と同じく倫子を母に生まれた、九歳の御曹司である。

せっかちで感情的な道長と違い、母・倫子の穏やかさを受け継いだ頼通は、やや線が細かったが、同じ邸内で暮らす花房と賢盛に対しては、男児らしい闊達《かったつ》さで甘えてみせる。彼にとっては、自慢の〝お兄さん〟ふたりなのだ。

「花房兄さま、父上から子馬をいただいたんだ。今から見に行こう」

「馬をいただいたと！」

花房と賢盛の瞳が煌《きら》めいた。彼らも子供時分に道長から馬術の手ほどきを受け、馬を譲られて、乗馬に親しんで今に至る。当然、名馬には目がない。

「毛色はどんな？」

弾む声の花房を、倫子が遮った。今日は子馬の鑑賞ではなく、もっと細やかな会話がしたくて呼んだのだ。

「今度、彰子の後宮で『青海波』を舞う、と道長どのに聞きました」

親族のたわいない集まりかと思ってきてみれば、倫子の会話はにわかに政治の色を帯び始める。花房は、慎重に言葉を選んだ。

「お寂しい主上をお慰めするために、伯父上がひそかに計画しています」

「ひそかなものですか。楽人たちを念入りに選んでいるせいで、噂が飛び交っておりますよ。私だって、その件ではどれほどの文《ふみ》を頂戴《ちょうだい》したことか」

「人の口に戸は立てられませんね」

倫子の瞳が、不安に揺れている。

それを見た花房は、笑いをひっこめた。

「花房、私はこのたびの殿のお考えには、いささか承服しかねます。皇后さまを亡くして間もない主上をお慰めするとはいえ、ひとつ間違えば、中宮さまの評判に傷がつくでしょう。主上のお心が離れてしまうかもしれません」

倫子は、夫の道長が一条帝の心を強引に娘へ向けさせようとする試みを、決してよしとはしていなかった。あまりに性急な働きかけをすれば、かえって中宮が厭《いと》われるおそれがあると、母として案じていたのだ。

「でも、殿がお決めになった以上、主上をお招きして、晴れやかにもてなすのでしょう。だから花房……」

倫子は花房の手をしっかりと握った。

「『青海波』を舞うそなたに、宴の成功はかかっているのです」

娘を案ずる倫子の気持ちが、花房にもひしひしと伝わってくる。何せ十四歳の彰子は「雛遊《ひいなあそ》びの后」と呼ばれる、お飾りの中宮なのである。道長の威を借りた誘いかけが帝の気持ちを害すれば、真の夫婦となる前に捨て置かれる危険もあるのだ。

――彰子さまが愛される保証がないからこそ、伯父上も倫子さまも必死になる……。

政治家の椅子とは異なり、対抗相手がいなくなったからといって、帝の寵愛は順番に回ってくるものではない。だからこそ、幼い彰子に力が足りなくとも、後宮そのものの魅力で帝の心を引きつけようと、倫子は腐心する。

「御覚《おんおぼ》えめでたい花房が、心づくしの舞でもてなせば、主上のお心も癒やされ、彰子を慈しむことにつながるでしょう。だから花房、全身全霊をこめて、舞ってください」

「はい、倫子さま。一身に代えても、やりおおせてみせます」

花房が強く頷くと、倫子は強《こわ》ばっていた頬《ほお》をゆるめた。

倫子に微笑まれると、花房はふわっと優しい気持ちになる。隣にいる賢盛も同様だ。

花房と賢盛のふたりは、春の風に包まれた気分で、倫子に微笑みを返す。

「花房がこたびの『青海波』で名をあげるよう、私も尽力いたしました。今回、あなたに指南してくださるお方は……」

土御門邸の長い廊下を、花房と賢盛は、全速力で駆けていた。

「賢盛、そんな話、私は聞いていないぞ！」

「俺だって初耳だよ！　なんてことを仕込むんだ、道長様は」

ふたりは道長の自室へ飛び込んでから、入室の許可を得ていなかったと気づく。

「伯父上っ……勝手に参ってしまいました！　でも、お話があります！」

「道長様っ、とんでもない無茶をしくさって……いや、しくさりなさって」

「おお、やっと来たか。待ちかねたぞ」

蔵人頭の行成と頭を寄せ合っていた道長の表情は険しかった。

「倫子に言づてしておいたが、お前にしかできない仕事が発生した」

厭《いや》な予感がした花房は、伯父が何を言い出すのかと身を硬くする。

「光輝親王の話は聞いているな」

「やってきたのは、その件です」

「お人柄も聞いているだろう」

道長は、苦虫を嚙みつぶしたように吐き捨てた。

「人望がありすぎる親王というのも厄介だ。宇治の山奥へ引っ込んでいれば、こちらも気を揉《も》まずに済むものを。そうは思わないか？」

「まったくもって」

すかさず相づちを打つ行成は、帝の信頼篤《あつ》い蔵人頭というだけではなく、道長の懐《ふところ》刀《がたな》として裏に表に動いている人物である。帝と道長の思惑が食い違う時には、ふたりを取り持ってことを決めるため、宮廷人からは「道長の犬」扱いをされてもいるが、並外れて有能な蔵人として誰もが認める存在だった。

その行成が、光輝親王の帰還を厄介事として、道長と語らっている。ふたりが渋面《じゅうめん》をつくっているからには、政治の世界に何らかの影響を及ぼすのを見越してのことであろう。

「伯父上。親王さまは、世を捨てて風雅の道を極めているのではないのですか」

「ご本人はな。ただ……」

道長が不愉快そうに口を歪《ゆが》めると、行成がつないだ。

「……あの方の下で、徒党を組む輩《やから》も現れるだろうと懸念しているのですよ」

「徒党？」

「そう。風流人だけなら怖くはないが、ほどなくおかしな連中が、親王へ接近するだろう。だからお前が、親王にへばりついてだな、動きを探ってほしいのだ」

なるほど、と花房は合点がいった。先刻、倫子から聞いて腰を抜かしかけた〝事の真相〟が一瞬にして読み解けたのだ。

「道理で『青海波』の指南役として、光輝親王がつくよう画策されたのですね」

「画策とは人聞きが悪い。都へ戻って所在ない親王へ、とっておきの役割をお願い申し上げたまでだ」

「でも、私が監視できるように、取り計らったのでは？」

「考えようによっては、そうとも取れる」

政治家としての腹芸が、道長はもとより苦手である。おまけに、実の子同然に可愛がっている花房相手ともなると、素直になりすぎて、誤魔化《ごまか》すことすらしない。

「光輝親王は、舞い人としても当代一の上手だ。『青海波』を習い、おまけに見張りもできるとは、一石二鳥ではないか」

「それでは、私はまるで間諜《かんちょう》ではありませんか」

「この私の頼みでも、嫌か?」

親がわりの道長に頼み込まれると、花房もそれ以上は反論できない。

「元服前のお前は、定子づきの女房たちを軒並み籠絡《ろうらく》して、秘密文書を入手したではないか」

「あれは、私がまだ子供で、ことの是非がよくわかっていなかったから……」

道長は、左大臣らしい渋面を捨て去ると、青年の貌《かお》に戻った。

「難しく考えるな、花房。是も非もない。私のためになるのだから、これ是なり」

断り切れない頼みだと、花房が脱力しかけると、賢盛がすかさず支えた。

「俺が側にいるから、心配するな」

「もしも腰が抜けたら、かついで逃げてくれ、賢盛」

第二帖　恋の青海波《せいがいは》

「これで本当に、おかしくないかい？」

光輝親王《みつてるしんのう》の館《やかた》へ出向く段になると、花房《はなふさ》は妙に緊張してきた。装束を着せかけてくる乳母が、舞い上がっているせいだろう。

「おかしくなんかございませんよ。花房さまならば、きっと親王さまのお気に召します」

そう言いながらも、菜花《なばな》の局《つぼね》の指先は震えていた。

花房は左の掌《てのひら》に「天」の字を書くと、浮つく心を静めようとした。

偉い人と会う場合のまじないで、女性は本来、右の掌に「天」と書くが、男として生きる花房は逆の手でそれを行う。

「ねえ、賢盛《かたもり》。いつも思うのだけど、左手に書いたまじない、私に効くのかな」

「効くと思えば効く。のっけから効かないと思えば、絶対に効かない」

「頼りない説明だね……」

花房の装束を整え終えた局は、全身を舐《な》めるように眺め回し、何度も頷《うなず》いた。

「これで、光輝親王さまにお目通りしても、恥ずかしくはございません」

「お目通り程度ならば、何てことはないけれども……」

花房の場合、舞の指導をつけてもらう一大事が待っていた。


花房は帝《みかど》に仕える五位の蔵人《くろうど》だ。一条帝《いちじょうてい》の秘書集団として昼夜を分かたず共に行動し、その母后《ぼこう》である東三条院詮子《ひがしさんじょういんせんし》にも子供の頃から可愛《かわい》がられて、貴人と接することには慣れているはずであった。

しかし、光輝親王と相まみえた時、花房はあまりの衝撃に全身が凍りついた。親王が座する一角だけが光り輝いて見えたのである。

——名は体を表す、のとおりのお方だ！

親王を取り巻く煌《きら》めきは、時すら止めてしまった感がある。花房はただ見とれた。

「花房とやら。私の顔に、何かついているか」

ぼんやりと見入っている花房に、親王は冴《さ》えた声で問いかけた。

「そんなに見つめられては、私は溶けて消えたくなってしまうではないか」

「もっ、申し訳ございません。つい見とれて……」

恐縮する花房へ、親王はゆるやかに視線を投げかけた。

「……っ！」

花房の胸が、瞬時に締めつけられた。

――なんという眼差《まなざ》し！

蕩《とろ》けるような甘さと、切なさが混じり合った瞳《ひとみ》の色に、花房の心の臓が高鳴る。

こんなことは初めてだった。親王の放つ光と甘やかさは、鈍感な花房ですら反応してしまうほどに圧倒的で……。

「左府殿の北の方から、そなたへ『青海波』を教えてほしいとの申し出があった。主上をお慰めするとあっては、お断りもできぬ」

「……はい」

「それにそなたを見たら、あながち悪い話でもないと、その気になった」

親王は、もっと手前に来いと花房を手招きした。

「お側《そば》にでございますか？」

花房がおそるおそるにじり寄ると、月光でこしらえた花が開くように、光輝は笑いかけた。光が弾《はじ》けるのを感じて、花房の頰《ほお》が熱くなる。

「そなたには『青海波』の他にも指南すべきかな」

「他とは？」

「まあ、おいおいに」

親王が、頬を赤らめる花房を、面白そうに眺めてつぶやいた。

「すごい……」

光輝親王が『青海波』の手本を舞い始めると、花房の全身には鳥肌が立った。

太刀《たち》を佩《は》いた武人の姿で舞う、優雅にして勇壮な曲だ。上半身は袖《そで》の優美な動きで見せ、脚では力強さを表現しなければならない。男性美の華麗さと強さを併せ持たねば『青海波』は舞いこなせないため、舞い手を選ぶ難曲でもあった。

親王は、すらりとした長身瘦軀《そうく》を優雅に操っていた。袖のさばきは流れるように、脚の運びはしなやかに切れ味よく。

——これでは、ご婦人方の腰が抜けるのも道理だ。

圧倒的な美と表現力を前にすれば、人はなすすべもなく魅了される。それは天真爛漫《てんしんらんまん》な花房とて同様だ。

幾重にも絡まる唐楽《とうがく》の妙音と戯れ、親王が描く舞の軌跡は滑らかにして艶《つや》めいていた。

花房の後ろに控える賢盛も、固唾《かたず》をのんで見つめるばかりだった。宮中のいかなる舞い手をもってしても敵《かな》うまい、と呻《うな》るしかない。母の気持ちが少しはわかる気がした。

「どうだ、花房。振りは覚えたか」

「は、はい」

親王の舞ったあとの空間に、花房は目をしばたたかせた。金の粉が幾重もの波となり、部屋中でうねっている気がする。真《まこと》に優れた舞い手にしか生み出せない幻が、舞い終えた後にも消えずにあるのだ。

「いかがであった？」

「……あまりに素晴らしすぎて、讃《たた》える言葉が見つかりません」

「それは光栄だ、桜の精に褒めていただけるとは」

桜の精と言われて、花房はきょとんとする。そんな花房を、親王はまたもや面白げに眺めやった。

「無垢《むく》な貌《かお》をするでない。かえって泣かせてみたくなるではないか」

艶めいた声でからかわれ、花房は赤くなった。親王があまりに眩《まぶ》しすぎて、いつもどおりに振る舞えない。

「そんなに硬くなられては、私も落ち着かぬ。今日はもう『青海波』を忘れて、語り合うとしようか」

すぐさま酒肴《しゅこう》を運び込ませた親王は、花房を傍らに座らせると杯を手渡した。

「桜の精と酌み交わせるとは、これも春の一興」

春とはいえども庭には雪が残り、館はしんと冷えていたが、この親王が歌うように語るだけで、花が咲き乱れるようだと花房は思う。控える賢盛も同様で、男に見とれるなどありえない、と自らを戒めつつも目が離せずにいた。

この親王は、優雅な姿のわりに冗談が好きなのだと気づき、花房はやっと緊張から解放された。ふっと笑みがこぼれると、光輝もつられて笑う。

「その笑顔に、主上や女院様もさぞ慰められてきたのであろう」

「そんなことは。私はただ、一生懸命お仕えするので精一杯で」

「殊勝なことだ。大抵の蔵人は、出世しようと明け暮れているというのに」

皮肉すら吟詠に聞こえる典雅さは、誰にも真似《まね》ができない。花房と賢盛は邪気を抜かれたまま、親王を見つめていた。

賞賛の眼差しに慣れきった貴人は、賢盛に目を留めると名を問うた。

「賢盛でございます。私の乳兄弟でもあり、掛け値なしの忠義者です」

「ほほお、それでは私の従者に鞍替《くらが》えさせるのは無理か」

「な……っ？」

「私の従者と取り替えられぬかと、思ったまで。賢盛とやら、つとめに励めよ。そなたの主人を護《まも》るのは、並大抵の苦労ではなさそうだ」

賢盛は呆気《あっけ》にとられた。

——この宮様は、今まで知る偉い方とはひと味違うようだ……。

道長《みちなが》や東三条院詮子は、花房の守り刀として賢盛を一人前に扱ってくれるが、他の貴人たちは単なる従者としてしか扱わない。人格など無視した付属物として見ているだけだ。乳兄弟を褒められた花房は、我がことのように嬉《うれ》しくなる。他者の美点や恵まれた状況を素直に羨《うらや》める者は少ない。妬《ねた》みが頭をもたげるからだ。

——このお人柄では、多くの人が慕い寄ってくるはずだ。

すでに心酔しかかっていた花房は、人望篤《あつ》く才に恵まれた親王が、なぜ宇治《うじ》で隠棲《いんせい》していたのか不思議に思う。宮廷こそが、彼の居場所であるはずなのに。

「親王さま。お訊《たず》ねしたいことが」

「なんなりと、花房」

「なにゆえに都を離れて、お暮らしになっていたのですか」

問われて、花の顔がわずかに曇る。

光輝親王が隠棲を選んだ裏には、皇統の相続問題が存在していた。

話は三代前の冷泉帝《れいぜいてい》に遡《さかのぼ》る。美貌《びぼう》で知られた冷泉帝は、奇矯な言動でも有名で、玉座についていたのは三年足らず。帝位を弟の円融帝《えんゆうてい》へ譲ると、気ままな上皇暮らしを選んだ。弟へ帝位は譲ったものの、冷泉は次の帝として我が子の花山《かざん》を立てた。その後、花山帝が即位した際には、先の円融帝の息子・一条が跡継ぎへ定まって、現在に至る。

冷泉と円融兄弟の系統を交互に皇位につけるという暗黙の了解が、この四人の天皇の継承で形成されつつあり、現在の東宮は冷泉帝の別の息子である居貞《おきさだ》親王となっていた。この親王は、上皇になった花山院の弟にあたり、光輝親王とは腹違いの兄弟となる。

また居貞親王は道長の姉・超子《ちょうし》の息子で、一条帝とは従兄弟《いとこ》同士。道長にとってはどちらも甥《おい》であり、宮中の実権を握って外戚《がいせき》政治を行うには好都合の天皇と東宮だった。

ただし東宮は、後ろ盾こそ九条流《くじょうりゅう》だが心身ともに脆弱《ぜいじゃく》であり、皇位を継承する人材としては疑問視もされていた。

一方で、母方の後ろ盾こそ弱いけれども誰もが目をつける逸材が、腹違いの兄弟に存在していた。それが――光輝親王である。

一条帝より五歳歳上《としうえ》、居貞親王より一年年長の親王は、公卿《くぎょう》の一団の後押しがあれば、次期東宮へ持ち上げられても不思議ではない立場にあった。事実、光輝親王を擁立する動きはあったのだ。ひ弱な居貞親王を廃して、光輝親王が東宮に立てば、道長たち九条流の干渉を受けない新たな路線の皇統が誕生する。

ところが、光輝親王は数年前に宮中を去り、政治には触れない生活を自ら選んだ。いらぬ政争に巻き込まれるつもりがなかったのだ。東宮のすげ替え問題は、ひとつ間違えば叛《はん》逆罪《ぎゃくざい》に問われて、都を追われる危険すらはらんでいた。

「逃げるにしかずだ。左府に睨《にら》まれて島流しでは、笑い話にもならないではないか」

「左府さまが、親王さまを島流しに？」

「するであろうよ。実の姪《めい》を内裏から追い払い、甥たちも左降させて、宮中を掌握されるほどの豪腕だ。後ろ盾なき親王のひとりやふたり、いとも簡単にひねり潰《つぶ》す」

道長が冷徹な政治家だと責められた気がして、花房は身を硬くした。

彼女が知る伯父は、権謀術数に明け暮れる冷血漢ではない。不器用なまでに単純で熱くひどく繊細な内面をひた隠しにしている男だ。

「左府さまは、それほど非道な方でしょうか」

「伯父を庇《かば》いたい気持ちはもっともだ」

「……あっ！」

親王は、出自があやふやなまま出仕する花房が誰の〝甥〟かをすでに察していた。

「花房。そなたは一説によると、兄・花山院の落《お》とし胤《だね》とのことだが……おかしいな。兄上の行状は、すべて知っていてね。そなたは私の甥ではなく、左府のであろう」

「はい。……不思議な噂《うわさ》が出回っておりまして」

「奇々怪々な噂が一人歩きするのが宮中だ。だから私は逃げたのだよ」

才覚に恵まれながら都を捨てた光輝親王の胸中を思えば、花房も胸が苦しくなる。

――伯父上から追われる前に、お逃げになったのか。

表情を翳《かげ》らせた花房を、親王は気づかった。

「そなたが気に病む必要はない。私は無駄ないさかいを避けただけのこと。私が宇治で風流三昧している分には、誰も痛まない」

「それではなにゆえ、都へお戻りになったのですか？」

その質問を待ち構えていたのだろう、光輝親王は金砂を振りまく笑顔を見せた。

「女にも男にもなびかぬ、変わった蔵人がいると聞いて、興味が湧《わ》いた」

「それは……」

戸惑う花房の白い手を、光輝の長い指がそっと握った。

「そなた、恋を知らぬ身であろう。この私が、丹精こめて教えてあげよう」

花房はハッと気づき、正気に返った。甘やかな気配と輝きに引き寄せられ、気づけば相手の術にはまる寸前だった。握られた手をふりほどくと、花房は親王の前を辞した。

なんら警戒心を抱かせずに、我が身を抱き込んでくる親王の魅力が、花房には無性に怖かった。


土御門《つちみかど》邸へ駆け戻った花房の顔色を見るや、道長は署名する筆の運びを間違えた。

「花房、驚かすでない。しくじったではないか」

もとより勉強嫌いだった道長は、公式の文書を記す際にも、誤字や当て字を書きかねない。動物的な直感で物事を決めるのは得意だが、作文となると途端に慎重さや繊細さを欠くのだ。

「お前のせいで一枚、反故《ほご》にした」

　書記官へ書き直しを命じる道長は、うろたえた花房をちらりと見て、筆を置いた。

「私の仕事の手を止めさせてまでも、話さねばならない用件か」

「青海波の件です……」

「よかろう。お前が第一だ、花房」

　そのまま肩を抱くと、道長は私室へ花房を連れ込んだ。

「さだめしよい話であろうな。悪い話は聞きたくない」

「両方です」

「聞こうか。どうした？」

「私、光輝親王さまに迫られました」

「そうか、でかした。気に入られたというわけだ」

「そんな簡単なものではなくて……」

　親王の目の色を思い出して、花房はぶるっと震えた。熱病の症状にも似て、熱さと寒さが同時に襲《とら》ってくる。

　花房を捉えた瞳は、鋭かった。恋愛は宮中の遊戯だが、親王の瞳にひそむ色彩は、遊びというには真剣すぎた。

——まるで、舞っておられる時と同じ……。

風雅を極めた者には恋愛も洒落事《しゃれごと》ではなく、真剣に臨むものらしかった。

「戯れに誘われたのではありません。まるで勝負ごとの様子で、挑まれるように」

「それは好都合。とは言いかねるな」

道長は、美女とみまごう〝甥〟の白い面《おもて》へ手を添えた。

「この顔では、仕方があるまい。何せあの方は、その昔、あちこちの美童にも手を出していたお方だ」と、苦笑いを浮かべる。

「親王を引っ張るだけ引っ張って、いざとなったら逃げる、が良策か」

「もう伯父上には相談いたしません！」

花房が感じている身の危険を、道長は聞き流す。同性に言い寄られた経験がないせいで反応が鈍いのだ。実際、花房がいつも無事に逃げおおせていると知って、たかをくくっているのもあるだろう。

「伯父上は、親王さまのおっかなさを、ご存じないのです」

「女どもが腰を抜かしたのはこの目で見たが。まさかお前まで腰が？」

「抜かしません！　慌てて逃げ帰りました。けれども伯父上、こたびの『青海波』のお役、ご辞退できないでしょうか」

「無理だ。倫子《りんし》殿が礼を尽くして指導をお願いした以上、親王に教わって、お前が舞う。

これは決まりだ、覆せないぞ」

言いたいことを言うと、道長は執務室へと帰っていった。

「どうしよう」

我が身を狙《ねら》われながら光輝親王の身辺を探るなど、危険きわまりない。

花房は陰陽師《おんみょうじ》・賀茂光栄《かものみつよし》の館へ相談に出向いた。


花房に泣きつかれ、光栄と武春《たけはる》は困り果てていた。

「〝反射の香〟が効かない方が、出てきました」

花房は、無自覚のうちに桜の花の薫りを体臭として醸している。その匂《にお》いに惑わされた者は理性を失い、衝動的に押し倒しかねないので、花房は常に、桜の薫りを中和する〝反射の香〟を衣に焚《た》きしめ、肌にも塗っていた。その香の鎮静作用で、抱きつきたいと思う者たちの衝動を抑えるためだ。

今までは幸いにも〝反射の香〟のおかげで、花房は難を逃れてきた。たとえ秋波を送る者がいても、理性で止《とど》められる範囲でしか行動しない。

ところが、光輝親王は強い意志をもって、花房を恋の相手に見定めてしまった。

「恋の手練《てだ》れにとって恋愛は遊戯ではなく、決闘に等しいのです。すると出だしから目的が違いますから、反射の香は効きません」

「そんな！　私に迫ってくる者を撃退してくれるはずでは」

「反射の香は、花房殿の薫りで理性を失いかけた者を、冷静に引きもどす効果しかございません。残念ながら、あの親王様の気を惹《ひ》いたのは花房殿の人柄でしょう。並大抵の美男美女では、歯ごたえがないと飽きていらっしゃる」

恋の駆け引きに退屈しきった親王は、変わり種の花房へ目をつけたというわけだ。

「光栄さま、私は光輝親王が怖いのです。にこやかで優しいけれども」

「悪意はなくとも、底知れぬお方です。実際に、あの方の卜占《ぼくせん》を立ててみると――」

光栄は、式盤を取り出すと、光輝親王の生年月日に従って円盤を動かしていった。

「これがあの方の、生まれ持った運気です」

「えっ？」

花房と賢盛だけでなく、陰陽生《おんみょうせい》の武春も予想外のことに目を剝《む》いた。式盤の円盤が回りつづけて止まらないのだ。

「これは……」

「花房殿同様、とてつもない星の下に生まれていらっしゃる。〝回天〟の相があの方の気の色。何かを欲すれば、人も世も動かす力をお持ちだ。だからこそ浮き世に欲心を抱かず、風雅の道を極められるよう、晴明《せいめい》殿と我が父保憲《やすのり》が冷泉院へ進言したのです」

光栄が「喝」と一声入れると、円盤はくるくる回るのをやめた。

「優れすぎた人物は、星の巡り合わせが悪ければ災いの元となります。花房殿に引き寄せられて、親王様の星の巡りが乱れる可能性も高い。だから武春」

呼ばれて武春は、はいと背筋を伸ばした。

「明日からお前は、陰陽寮《おんみょうりょう》に出仕せず、花房殿のお側に仕えるように。これは陰陽師としての仕事だと思え」

「仕事でございますか？」

ああ、と光栄は険しい表情を見せた。

「〝傾国〟の星と〝回天〟の相を持つ者が近づきすぎれば、国が乱れるやもしれぬ。だからそなたの持つ〝陽の気〟で、親王様の心を封じるのだ」

武春は「責務」の二文字が、いっそう肩に食い込むのを感じた。

生まれた時から武春は、花房の守人《もりびと》として、時間の許す限り共に行動している。彼にとって花房は、命に代えても護らねばならない大切な存在であった。

しかし、陰陽寮生すなわち見習いの身である武春は、地位も権力もなければ、肝心の陰陽の術もおぼつかない。武器と呼べるのは邪気や邪念を追い払う〝陽の気〟だけだ。

「俺の〝陽の気〟だけで、親王様の回天の相を撃退できるのでしょうか」

「恋はもとより邪念ではない。が、滾《たぎ》りすぎ、尖《とが》りすぎると邪念と化す。そうなる前に、お前の明るさで、親王様の好き心を溶かしてしまうのだ」

氷室《ひむろ》から出した氷でもあるまいに、と武春は嘆息した。


手水《ちょうず》の間で、一条帝が起き抜けの顔を清めている。

そのさまをうかがいながら、花房はまただ……と視線を逸《そ》らした。主上の目元が赤く腫《は》れている。昨夜も定子《ていし》を偲《しの》んで泣いたのだろう。

身の回りの世話をする女房、侍従とともに、秘書役の蔵人たる花房も、帝の起床時から側に侍《はべ》っているのだ。

昨晩の宿直《とのい》から朝の行事へとなだれ込んだ花房は、重い空気に固く唇を結んだ。微笑《ほほえ》みさえ封じられた空間で、一条帝は粛々と公務をつづけ、悲しみを押し殺している。

——おいたわしい。

最愛の定子を亡くした直後、帝は二十二の若さで出家を考えたが、蔵人頭《くろうどのとう》の行成と道長の猛反対にあって諦《あきら》めざるをえなかった。理由はただひとつ、道長の娘・彰子《しょうし》が男児を産んでいないからだ。

道長は、娘の産んだ男児を次の東宮にし、ゆくゆくは天皇位に就けることで、外戚政治を盤石のものにしようとしていた。天皇の舅《しゅうと》のひとりという立場はいまだ確かではなく、他家から入れた后が男児をもうける前に、外祖父となって足場を固める必要があった。

一条帝には亡き定子の産んだ親王・敦康《あつやす》もいるが、道長にとっては、大叔父と大甥の関係で、血のつながりは薄れる。また敦康が次の東宮に立てば、伯父である伊周《これちか》が血縁を理由に後見役として返り咲く可能性が高い。だが、いったん引きずり下ろした政敵に復活の機会を与えるほど、道長はお人好《ひとよ》しではなかった。

一条帝の出家を一蹴《いっしゅう》した道長は、定子を早く忘れさせるべく、公私にわたって働きかけていた。それゆえに悲しみを隠してつとめをこなす帝が心のままに振る舞えるのは、独りで袖を濡《ぬ》らす寝所だけだった。

「花房はいずこ?」

手水の間の端に控えていた花房を、主上が呼ぶ。

「ここへ」

進み出ると、嘆きにやつれた帝は、無理をおして笑みを浮かべた。

「舞の名手、光輝親王のご指南は、身が引き締まる思いであろう」

「主上……」

「そなたが研鑽《けんさん》するのならば、私も楽しみにしなければいけないな」

そう告げると、一条帝は空を見上げて、こみ上げるものをこらえた。

道長の思惑で、彰子が宴《うたげ》へ招くのであれば、帝といえども参加しなければならない。若い一条帝には主権などなく、道長ら公卿の顔色を読みながら、神輿《みこし》として担がれているのが現実だった。

彰子の後宮で催される宴のために、花房が光輝親王から『青海波』の手ほどきを受けているという噂は、お側近くに仕える誰かが、即座に帝の耳へ入れたようだ。道長子飼いの花房が、親王まで巻き込んで宴の舞を稽古《けいこ》している以上、この宴には必ず出席しなければならないとの警告も含めて。

花房は気がついた。自分が舞うという噂だけでも、帝を傷つけると。

「そんな顔をするな。そなたまで暗くなっては、やっていけなくなる。笑ってくれ」

「主上、私は……」

「そなたが舞うとなれば、たとえ彰子の宴であろうとも、定子は戻り見やるであろう」

従姉妹《いとこ》同士に生まれながら、おのれを挟んで争う宿命だったふたりの后を、一条帝は哀れに思っていた。先に入内《じゅだい》した定子も、追い落とさんと嫁した彰子も、おのれの意思ではなく、父親の政治の道具として使われていたにすぎない。

ふたりを哀れむ帝は、同じ瞳を花房へと向けた。

――主上は、舞い手をまかされた私にまで、お気づかいくだされている……。

いかに非公式の宴とはいえ、大曲を舞う花房の重責は、はかりしれない。その苦労をくみ取って、事前に励ましてくれたのだ。

ありがたい、と花房は頭《こうべ》を垂れた。

七歳で即位し、外戚と公卿たちとの政争の渦に揉《も》まれながら育った天皇は、人の苦労と心を読んで労《いたわ》れるまでに成長していた。

「お教えくださる光輝親王さまの恥になりませぬよう、稽古に励みます」

「そうか、花房。この春は……桜の頃が楽しみであるな」

少ない言葉のやりとりに、想《おも》いが通い合う。

——お優しい主上。悲しみが紛れますよう、中宮彰子さまの宴を成功させねば。

ひれ伏した花房の背中には、同じく蔵人をつとめる藤原清音《ふじわらのきよね》の視線が突き刺さる。

清音は『青海波』を舞う、もうひとりの舞い手だった。彼は花房を少年時代からライバル視している。花房の後ろ盾となる道長に対し、清音の親族・実資《さねすけ》が常に批判的な視線を有し、それは清音にも反映していた。

——清音どのと一緒で、うまく舞えるだろうか。

花房の不安はつのるばかりだった。

花房が、賢盛のみならず武春までも従えて『青海波』の稽古に臨むと聞き、光輝親王は怪訝《けげん》な面持ちを隠さなかった。

「従者たちが検分するのか?」

「はい。陰陽師・賀茂光栄どの、たっての言いつけにございます」

「ほお、光栄の言いつけならば、いたしかたあるまい。しかして、いかなる魔や鬼神からの護りなのかな、陰陽の寮生?」

実直な武春をからかって、光輝親王は顔を近づけた。武春の面は真っ赤に変わる。

「そっ、それは……あの、その……」

「まさか私が、その〝魔〟なんてことはあるまいね」

「いやその……」

「私が花房に教えるのは〝舞〟だが。他に何を心配している?」

純情な武春を弄《もてあそ》ぶのが、冗談好きの親王のお気に召したようだ。

「面白い。ふたり揃《そろ》って、私たちを見張るがよい。一刻のちにな」

そのまま花房の手を取って、奥へと引き込もうとする親王の前に、賢盛が進み出た。

「ならぬものはなりませぬ」

「さらに面白い!　この私に、蔵人の従者ごときが意見をするか」

真剣に食い止める賢盛を見下ろし、親王の甘い目元が細められた。

乳兄弟の無礼を花房が詫《わ》びようとすれば、親王の瞳はいっそう喜色をおびた。

「賢盛とやら、宝玉は容易《たやす》く手に入らぬからこそ貴《とうと》い、と覚えておくがいい」

親王は花房を放すと、簀子《すのこ》に居並ぶ楽人たちへ、小さく扇をしゃくってみせた。

「戯れ言《ざれごと》はここまでにして、『青海波』を伝授しようか」

花房が舞う姿勢を取ると、親王は頭を振った。

「これは『胡蝶《こちょう》』の舞とは出から違う。小さくまとまってはいけない。無数に連なる波を想って、雄大に構えなさい」

「大きく、ですか？」

光輝親王は、花房の背後に立つと、後ろからその両手を取った。

「舞の振りをなぞる前に、そなたのうちに海をつくらねばいけないな」

「海……？」

都に生まれ、都で育った花房は、海を見たことがない。人の話に聞き、画《え》では知っているものの、現実の海を知らず、幾重にも波の連なる青海波の景色も想像でしかなかった。

「そなた、海を知らぬのか」

「はい」

「海の波は、川や池の小さな波とは異なり、大小さまざまなうねりが、綾《あや》のごとく折り重なるのだよ。まるでこのように」

言うが早いか親王は花房の両手を櫂《かい》にしてこぎ出すように、全身をゆるやかに動かし、波の調子を身体《からだ》に教えていった。

「私にまかせて、海の波を感じなさい。勢いよく押し寄せる男波《おなみ》、引いて返して、優しく追いかける女波、浅く引いて……」

うっとりと歌いながら、光輝は花房のうちへ、波の様子を写していく。彼の手に全身を預けているうちに、花房は海の幻影と同化していった。

「白波が寄せては返し、通う千鳥が戯れる。しかし、波にたゆたう我が心を、千鳥は果たして知っているのだろうか」

「親王さま……?」

「このまま波間に漂っていれば、いつしか波に洗われて、あなたと出会う前の心に戻れるのであろうか。ねえ、花房」

耳元で囁《ささや》かれ、花房の全身がかっと熱くなった。

身を硬くした花房の耳朶《じだ》を、甘い声がなぶった。

「逃げてはいけない。おのれのうちに海を感じるまで、私にまかせて揺れていなさい」

「でも……」

「海とはどのようなものか知らねば、『青海波』で海原は生み出せぬ。そなた自身が波となり、見物を押し流すようにならねば」

「親王さま……」

親王を振り仰いだ花房は、親王の青みを帯びた瞳が澄みきっているのを見た。

「波は途切れず、歌いつづける。『青海波』の舞も同じこと。男波と女波が呼び合い、求め合って、奏をなす」

花房は、全身に寄せては返す波の調子を、はっきりと感じた。と同時に、光輝の腕に導かれて揺れるおのれが、大海をたゆたう小舟とも思えてくる。

──これが海……。

花房が気づきを得ると、親王はこくりと頷いた。

「楽の音《ね》が表の音《おと》ならば、この波の調子が内なる歌。表と内を合わせて奏するのが、『青海波』の妙だ」

ただ親王の腕の中で揺れていただけなのに、花房は高揚していた。舞がかくも心地よいものだと、初めて気づいたのだ。

「それでよい。今のたゆたう感じを忘れずに舞えば、おのずと海を描けるだろう」

花房は感銘を受けた。真の名手とは、静かに揺れるだけでも舞を表現できるのだ。

「親王さま、ありがとうございます。とても大切なことを、教わったのですね」

「礼には及ばぬ。初手を知らねば、舞いきれぬであろう」

粋人の声は、今までのからかいに満ちた声音とは異なり、真剣そのものだった。

「光輝親王様って、顔以外もすごいんだな」

遠慮知らずの賢盛のつぶやきに、武春が赤らんだ顔で頷き返す。

親王に後ろ抱きにされて舞う花房は、武春の目には、禽獣《きんじゅう》に蜜《みつ》をついばまれる花にも見えた。だが、意外なことに、嫉妬《しっと》や拒絶の情は湧かない。むしろ、ふたりの姿に見とれていた。近づきすぎては危険だという光栄の見立ては正しかったと、武春も痛感する。

一方、舞の奥義《おうぎ》ともいうべき心得を伝授された花房は、光輝親王を見直した。芸道や学問に真摯《しんし》に向き合う姿は理知的で、その造詣《ぞうけい》の深さは本物だと肌で感じたのだ。

――姿形だけでなく、中身までもが類《たぐ》い稀《まれ》な方だ。

花房のみならず、賢盛と武春の目にも、光輝親王には光の霞《かすみ》がかかって見える。

「男も惚《ほ》れさせるって、このことか……」

賢盛が感嘆すれば、武春はかぶりを振った。

「だから危ないお方なのだ。何せ〝回天〟の相が出ている……」

ふたりの従者の囁きを耳ざとく聞きつけ、親王は色好みの貌に戻った。

「花房、本物の波を知りたくば、淡海《おうみ》か難波《なにわ》で船遊びをするのもよかろう。波に揺られてふたりきり、一晩中語り合うのも愉《たの》しかろう」

途端に賢盛と武春が、怖い表情になった。

「なるほど。ならぬものはなりませぬ、か。洒落《しゃれ》も通じぬのか」

ほどなく藤原清音が訪れて、共に『青海波』の稽古をつけてもらう。先刻教わった波の調子を思い描くことで、花房の舞は滑らかにつながっていった。

光輝親王が教えたように、内に波の連なりを思い描いていけば、前の振りの余勢を残したまま、新たな振りへと舞い進んでいける。

――振りの終わりは引く波。しかし、新たに寄せる波の息吹は、すでに振りの終わりに生まれているのか。

途切れぬ波を感じながら舞ううちに、すべての振りが連なって、大海原となり『青海波』の文様を描く。その極意を教えられた花房は、自らが海神の使いと化した気がする。

「よいぞ、花房。どこまでものびやかに、包み込め」

大らかに花房を褒める光輝親王だが、その目には熱いものが込められている。

光輝親王は、兄の花山院に引けを取らない色好みで知られている。それどころか、人知れず通り過ぎた恋の数は、宮中一との噂も流れていた。

花房の舞が見事な分、余計に親王の目を引きつけるのだろうと、隣で舞う清音は好敵手の美貌を不憫《ふびん》に思った。この親王に狙われて無事だった者などひとりもいないと、まことしやかに囁かれているのだ。

「ふふっ、雪解け水のような清音との対比も見ものだな。そうは思わぬか、賢盛、武春」

いつの間にか、ふたりを両脇《りょうわき》へ抱え込み、色好みの親王は親しげに頰を寄せた。

「し、親王様。顔が近すぎます」

「きれいなものに近寄りたくなるのが人の常だ、賢盛」

いる姿に脱力した。

「純朴さもまた可愛らしくて捨てがたい、武春」

舞い終えた花房は、守り刀と思っていたふたりが、親王に抱き寄せられ泡を食っている姿に脱力した。

「親王さま、ふたりがそんなにお気に召しましたか」

「そなたの側にあるものは、すべてが愛《いと》おしい」

とんでもないものを見た、と清音は顔を背けている。

「おお、清音。そなたの舞は、正確無比にして、青海波の布を見るようだ」

「はっ？」

「版木で型を押したように、寸分違《たが》わず舞いつづける。感服したぞ」

今のは褒め言葉なのだろうか。と花房と清音はいぶかったが、親王は両腕に抱えた新しいおもちゃが気に入ったようで、すぐにそちらへ興味を移した。

「放してほしくば、私と花房を半刻《はんとき》ばかり、ふたりきりにさせてはくれまいか」

賢盛に「駄目です」と睨まれ、親王は困った顔をする。

「そなたたち、無粋ではないか。しばしふたりきりで語り合うくらい、何であろう」

「舞の稽古だけしか、許しません」

武春も必死に食い下がっている。

「……はあ、悩ましい」

両腕に男子ふたりを抱えたまま、親王は大仰にため息をついた。

「こんなのがついていたら、花房も恋を知らない身になるか」

光輝親王の薄い唇が、満足げにほころんでいた。

「宮中の手練《てだ》れをいなす、そなたの手腕はわかった。無垢ゆえに手強《てごわ》い」

いきなり言われて、花房は小首をかしげる。

「……都へ戻ってきた甲斐《かい》があったというものだ」

親王は楽しげにつぶやいた。

車宿へ向かう途中、親王から解放された花房たちに、清音がまっすぐな視線を向けてきた。目には困惑の色が浮かんでいる。

「私は、青海波を舞えと頼まれた時、断ろうかと思った。傷心の主上に対してあまりに無神経だと」

「確かに、性急だと思う……」

「そなたでも、そう思うのか。でも、ここのところ考えが変わった」

生真面目《きまじめ》な清音が、何を言い始めるのかと花房は待った。実直すぎる同僚は、洒落が通じない点では難儀もするが、考えは至ってまっとうなのだ。

「主上とて、ご自分の立場はおわかりだ。悲しみに暮れていては、政務に支障をきたす。

ことに左府様の機嫌を損ねれば、齟齬《そご》も生じよう」

「そうだね……」

「誰ひとり笑わぬ内裏では、気落ちしない方がおかしい」

清音は、ぎこちなくも花房へ微笑んでみせた。

「でも、先だっての主上は、そなたへ笑いかけた。無理をしてでも笑わねばならないと、ご存じなのだ。そして、声をあげて笑うきっかけを探しておられる」

四角四面で人の心の機微には疎いと思われていた清音だが、護るべき帝に対しては、細やかに分析していた。

「だが、この私では、主上に笑顔を取り戻すことなどできぬ」

「いや、清音どののお気持ちがあれば」

「気持ちだけでは人は動かせないし、適材適所という言葉もある。私の舞は、版木で型を押したような……だからな」

花房はいけないと思いつつも、先ほどの親王の言いざまを思い出して笑った。

「すまない。笑うつもりでは」

「いいのだ、自分でも不器用だとわかっている。だからこそ花房殿ならば、主上が再び笑えるようにできるのではないかと思うのだ」

「清音どの……」

「だから私も、そなたの邪魔にならぬよう、精一杯舞ってみせる。主上の御為に、共に力を尽くそうではないか」

飾り気のない人柄ゆえに、清音の言葉は花房の胸を打った。

「左大臣様の強引さも、時には良薬となる。今回はそう思うのだ」

「清音どの、ありがとう」

その言葉で、花房の胸の塞《ふさ》ぎも軽くなった。道長の無神経さが、かえって帝を奮い立たせる可能性もあると言われれば、そのとおりである。

「それにつけても、花房殿。……光輝親王の別の名を、その理由をご存じか」

声をひそめた清音は、あたりをうかがいつつ、扇で口元を覆った。

「いや」

「月光《げっこう》の宮《みや》だ。そのわけは……」

親王は月光のごとく誰の寝所にも忍び入り、一夜明ければ掻《か》き消《き》えるから――。

「……こわっ」

「御身をいとえ、花房殿。私はそれだけしか警告できない」

そそくさと去った清音を見送り、花房は牛車に乗り込んだ。

「光輝親王さまか……」

甘く整いすぎた貌と、華麗な振る舞いが魅惑的なだけに危険だ。一瞬でも気を抜けば、心のうちへ忍び込まれる気がする。

「ふー、怖かった。なぜだろう、素晴らしい方なのに、怖くてたまらない」

「親王様に抱き込まれた時、俺ですらクラッときた。なんでだろう」

毒舌家の賢盛が、いつもの毒気を抜かれた気配で応《こた》える。

「まるで邪気を感じない分、おそろしい」

武春もまた同じ感覚に戸惑っているようだ。全身から〝気〟が吸い寄せられ、言うがままになりそうだったとぼやく。

「花房。とんでもないお相手だけど、俺は頑張って護るよ」

花房は疲れた笑みを返すと、牛車を出させた。

「ああ、こんな時は、小豆《あずき》がゆが食べたい」

「……俺もだ」

親王の館から通りへ出ると、入れ違いに一台の車が邸内へと入っていった。

小型の格子窓がついた半蔀車《はじとみのくるま》に付《つ》き随《したが》う従者たちに、花房は見覚えがある。

「あの者たち、確か伊周の……」

住処《すみか》の土御門邸へ帰った花房は、道長の正妻・倫子《りんし》に呼び出され、初稽古について根掘り葉掘り訊《き》かれた。倫子の祖父は舞楽の作り手で、彼女もまた造詣が深いのだ。

「親王さまは、巧みという言葉ではおさまらぬほどの舞い手でございました」

「そうでしょうとも。すべての動きが冴えわたっていらして」

倫子もまた落ち着きを失って、はしゃいだ声を出す。

「そして花房には、いかに教えてくださったのですか。さぞかし……」

「いかにとおっしゃいましても」

花房は親王の腕に抱かれて揺れていた刻《とき》を思い出し、肌がかっと熱くなった。

——波を感じる〝調子〟を教えてくださっただけではなかった！

舞の奥義を伝授しながら、同時に恋へも誘っていたのだと、今さら気づいて花房はうろたえる。

「も、勿体《もったい》ない教えでございました」

「素晴らしいこと。よその家の御曹司たちも、さぞ羨《や》むでしょうね」

返事もそこそこに自室へ下がった花房は、高鳴りの止まぬ胸を押さえた。

親王の衣から薫った伽羅《きゃら》は、涼しげな中に蘭《らん》の甘さをひそませて、ふたりの世界を桃源郷に変えていた。しなやかな手に導かれて揺れながら、花房は舞の高揚とは別のときめきにはまり込んでいたのだ。

——どうしてこんなに胸が苦しくなる……。

心の臓が、混乱でいっそう激しく波打った。恋とは世に数多《あまた》溢《あふ》れる物語であっても、花房には禁忌なのに。

——恋をすれば、世は乱れ、国が傾く。だから私は……。

十代のはじめに、おのが宿命を知り、恋とは無縁の人生を送ると決めたはずなのに。

親王の歌うような声が、煌めく笑顔が、花房を苦しくさせる。

——心が、弾け飛んでしまいそうだ。

花房は〝反射の香〟を取り出し、首筋へと塗りつけた。初夏の涼風を思わせる爽《さわ》やかな薫りが吹き抜け、波立った想いが静まっていく。

同時に、このような胸の高まりを感じていたのはいつだったかを思い出す。

幼い時分、道長と共に過ごした馬場で、常に味わっていた高揚感……。

年若い道長が、よく馬場で遊んでくれた。花房は身も心も道長に預けて、馬に乗る楽しさを幾度となく求めた。

——親王さまに感じた気持ちは、伯父上に馬を習っていた時と同じものなのか。

そう思い至って、花房は泣きたくなった。

道長と光輝親王は、姿も性格もまるで似ていない。だというのに自分は、心の奥の同じ場所へ、親王を迎え入れようとしている。それは道長へ対する裏切りにも思えた。

道長の命で、親王の動向を冷静に見張らねばならないはずが、すでに心を揺さぶられている。気を取り直そうと頭を振ると、心配そうに眺める賢盛の視線とかち合った。

「……いつから、そこに」

「かなり前から。ひとりで盛り上がっているんで、とりあえず見てたけど」

花房が〝反射の香〟の入った香合を握っているのを、賢盛は目ざとく見つける。

「少しは落ち着いたか」

「うん……恥ずかしい」

「仕方がないな、あの親王様相手じゃ」

そう言って、賢盛は焼き栗《やぐり》が入った鉢を花房の前に置いた。

「倫子様が持たせてくださった」

「倫子さまと会うたびに、あれほどの方を娶《めと》られた伯父上は幸せだと思うよ」

「同感だ。倫子様のためにも、頑張らなくちゃな」

そうだね、と花房は頷く。

「きちんと『青海波』を教わって宴を成功させれば、倫子様が喜ぶ。親王様をしっかり見張れば、道長様の役にも立つ」

焼き栗を剝きながら語る賢盛の気配が、鋭く変わった。

「……親王様のところへ、伊周が来ていたな」

「うん。なぜだろう、単なる挨拶《あいさつ》とは思えないのだけど」

賢盛は蔵人の従者の常で、宮中の情報収集に余念がない。宮中の女房や他家の従者たちから細々とした噂話まで集めているが、このところの話題は敦康親王の処遇だという。

敦康は皇后定子が産んだ親王だが、母亡き皇子は孤児にも似た境遇となる。本来ならば伯父の伊周が後見となるべきだが、失脚した彼は無位無冠で、後ろ盾となるには心許《こころもと》ない立場だった。が、敦康を次の東宮に立てると一条帝が明らかにすれば、伊周は次期東宮の伯父として復権する芽もあった。

「まさか伊周は、敦康親王を使って返り咲こうとしているのかなあ」

花房のぼやきに、賢盛が同調する。

「ただし人望も権力もないから、自力じゃできない。誰かがお膳立《ぜんだ》てしないと」

「そこで光輝親王さまを頼ろうと?」

道長の読んだとおりに、不穏な空気が、光輝親王の周辺へ集まりつつあるようだった。

「花房。今日はたまたま伊周を見かけたけれども、もっとよく観察した方がいいな」

一条帝の愛児・敦康親王にまつわる動きがあるとすれば、当然、帝の周辺が波立つだろうと賢盛は踏んだのだ。

「帝が、敦康親王を次の東宮にするため、居貞親王に譲位するかもしれないぞ」

「まさか。伯父上がそんなこと……」

「絶対に、許さないだろうな。彰子様に親王を産ませて、いずれ帝の外祖父になると決まるまでは、今上の退位は認めないとみた」

そうでなければ、無理を重ねて彰子を入内させた意味がないからだ。

「でも、陰謀ってのは……まさかを本当にやっちまうからな」

伊周の思惑に、浮き世離れしたあの美貌の親王が巻き込まれてはいけない。

自分が防がなければと、花房は心ひそかに思った。


「これを月光の宮へ」

一条帝から文《ふみ》を預かった花房は、光輝の館への使者に立った。

賢盛に指摘されて以来、光輝親王のみならず帝の動きにも気をつけていたが、なるほどふたりのあいだでは、頻繁に文がやりとりされていた。

内容は他愛もない時候の挨拶や歌の贈答だった。漢詩や歌に造詣の深い光輝親王と一条帝が、互いの知識を交換しているとも取れたが、文を読む帝の顔つきを見ると、文学談義だけとは思えなかった。

――まさか詩や歌を通して、別の件を語り合っている……？

一条帝の目下の悩みは、力ある後ろ盾を持たない敦康親王の身の処し方だ。敦康のおじにあたる伊周と隆家《たかいえ》だけでは後見の力が足りず、この先、后の誰かが親王をもうければ、そちらに皇位継承権が持っていかれるだろう。愛する定子が産んだ息子に帝位を譲りたい一条帝は、敦康親王に強い後ろ盾をつけて継承の道筋を固めたいところだ。

そんな状況下で、光輝親王が宮中へ帰ってきた。

彼が声をかければ、自分の家から后を出していない公卿たちは、陽《ひ》の目を見る好機とばかりに結束して、敦康の担ぎ手となるだろう。特に道長への反感を抱える者たちは、大乗り気になるはずだった。さらには伊周たちの母方のおじ・高階《たかしな》四兄弟が、反道長の旗振りを水面下で行っていることは想像に難《かた》くない。

帝からの文に目を通す光輝親王は、その内容に感じ入ったのか、嬉しげな笑みを浮かべると、何度も読み返していた。

「主上は『長恨歌《ちょうごんか》』にいたく思い入れがあるようだ」

ひたすら風雅の世界に遊ぶ姿は、政争の泥仕合とはまるで無縁に見える。

——本来はお優しい方なのだ。だから……。

定子の凋落《ちょうらく》と死に同情し、その遺児へ力を貸そうという光輝親王の気持ちもわかる。だからこそ花房は不安でもある。親王に悪意などなくとも、その人柄と才ゆえに、道長の天下を覆す起爆剤になりかねないからだ。

——気をつけなければ、伯父上の天下がひっくり返る。

花房の気配を察して、親王は朗々と『長恨歌』の一節を詠じた。

「楊家《ようか》に女《むすめ》有り　初めて長成す
　養われて深閨《しんけい》に在り　人未《いま》だ識《し》らず
　天生の麗質　自《おの》ずから棄《す》て難《がた》く
　一朝選ばれて　君王の側《かたわら》に在り」

　つづきをと無言で乞《こ》われて、花房は詩を継いだ。

「眸《ひとみ》を迴《めぐ》らして一笑すれば　百媚《ひゃくび》生じ
　六宮《りっきゅう》の粉黛《ふんたい》　顔色無し」

　それは、玄宗《げんそう》皇帝と楊貴妃《ようきひ》の愛と別れを詠《うた》った詩だ。一条帝が自身と亡き定子を重ねているのだと、容易に知れた。

「亡き皇后を楊貴妃に喩《たと》えて、偲んでいらっしゃるのだよ」

　光輝親王は、帝からの文を花房へ手渡そうとした。

　花房が手を伸ばしかけると、その腕をすかさずとらえる。

「主上からの使いで来ると、邪魔者がついてこないので助かる」

　従者の賢盛は控えの間で待機しているため、花房はひとりだった。

「お手を、お離しください」

「この袖の香が悪いのだ。そなたの袖に、私の手が引き寄せられたのだよ」

　泡を食う花房を楽しみながら、親王は長い睫毛《まつげ》がけぶる瞼《まぶた》をうっとりと閉じた。

「ゆるりとしていきなさい。何ならば、私が隠遁《いんとん》生活をしなければならなかった裏の事情でも話そうか」

親王の声は朗らかだが、かすかな翳りも帯びていた。

「その前にお手をはなして……」

「話を聞く聞くらいは、このままで」

まだ十代の頃、親王はひとりの姫君に恋をしたという。彼女は〝后がね〟として大切に育てられた摂関家の娘だった。

「私は、九条の家の定子姫と結婚したいと、心底望んでいたのだよ」

「皇后さまと?」

「もっとも、彼女の祖父の兼家《かねいえ》と父親の道隆《みちたか》に、追い払われてしまったけれども」

帝位につく芽のない相手を兼家父子は拒み、定子を一条帝へ縁づけたという。

「美しく、華麗な方だったようだね」

「それはもう」

「私は、女房たちからの噂話で聞いただけだが」

貴族の姫君は、人前に姿を晒《さら》さないことが上品とされ、ましてや帝に差し上げるよう育てられた定子は、男の目になど触れることもかなわない存在であった。

しかし、定子の麗質の噂は、漏れ聞こえてくる。九条流藤原家にとって自慢の姫を、使用人たちが所構わず喧伝《けんでん》したためだ。

「定子さまに、お会いしたことは？」

「私のように後ろ盾のない親王には、目もくれない方だ。でも、私は恋をしたのだ。牡丹《ぼたん》の花に似た姫君に」

深窓の姫君との恋のはじまりは、噂話がきっかけとなる。館の奥に隠された姫を思い描き、想像力だけで恋をするのだ。

「噂だけで、恋ができるものでしょうか」

「真に優れた人の噂というのは、おのずとわかるものだ。噂ひとつで憧《あこが》れが生じて、恋となる。噂に駆り立てられて、都に戻ることもある」

そう言いながら、花房に視線を定めて離さない。

見つめられる息苦しさの中、親王がなにゆえに反道長勢力を集めようとするのか、花房はやっと理解がいった。親王の望みは政争ではなく、かなわなかった定子への恋を何らかの形で成就させることだったのだ。

「親王さまは、敦康親王を次の東宮にお立てになるおつもりですか？」

花房の問いかけに、月光の宮と徒名《あだな》される貴人はうそぶいた。

「恋しい人の忘れ形見を護ろうと思ってはいけないのか。私も主上も同じ気持ちだ」

「しかし……」

「道長の娘が親王を産むまで、何もしないで待っているつもりはない。そう思っているのは、私だけではないと、そろそろ気づいた方がいいね、花房……」

花を手折《たお》るようなしなやかさで、光輝親王は花房を抱き寄せると、組み敷いた。

「親王さまっ」

「私の心のうちは明かしたぞ。定子殿に恋をして、今はそなたに心奪われて……」

「お戯れはおやめください」

「戯れではない。そなたの噂を聞いて想いを馳《は》せ、実物と会って真の恋となった」

今まで数多の者を手に入れてきた自信としたたかさは、燐光《りんこう》を放つ瞳に満ちている。

——吸い込まれそうな目だ！

花房が震えながら視線をそらすと、親王の瞳は逃すまいと追いかけてくる。

「道長に、私を探るよう申しつけられたようだが……とうにお見通しだ」

「そっ、それは」

「そなたは嘘《うそ》がつけない。根が正直ゆえに」

言われた花房の胸が、ずきりと疼《うず》く。男と称して、宮廷中はおろか、伯父の道長まで欺いている身である。

「私は、正直者などではございません」

「ならば好都合。寝返らせてやろう」

花房を抱き寄せる手に力をこめた親王は、愛おしくてたまらないと目を細めた。

「生前の定子殿に、こよなく可愛がられたそうではないか。そろそろ恩返しをしてもよかろう」

「私に、伯父上を裏切れと……」

「裏切るとは人聞きの悪い」

親王の声音に、恋の甘さとは別の怜悧《れいり》な鋭さが差し込んだ。

彼の潤んだ声に魅了されていた花房は、途端に正気に返った。咄嗟《とっさ》に袂《たもと》を探る。

──今か！

花房は、袂に隠し持っていた香袋を取り出した。袋の中身は、香を操る氷宮《ひのみや》の陰陽師が調香した〝喪〟だ。親王に言い寄られ、のっぴきならない時に使うよう、陰陽師・光栄から渡されていたものであった。

香袋を揉みしだくと、突き抜けるような芳香があたりに弾けた。

「あっ！」

花房にのしかかっていた親王と花房は、目の前で星屑《ほしくず》が煌めく感覚に、わずかなあいだ、意識を飛ばした。

「……あれ？」

〝喪〟の香は、人を瞬間的な記憶喪失に陥らせ、同時に感情を鎮める効果がある。

花房にのしかかっていた光輝親王は、ぼうっと視線をさまよわせた。

「私は、何の話をしていたのかな?」

「まず、なぜ親王さまが私の上にのっていらっしゃるのでしょうか」

「ん?　どのような流れで、こうした仕儀に……」

花房を組み伏せていた親王は、恐縮の態《てい》で花房を放した。

「そなたが可愛いと思ったところまでは、覚えているのだが……」

口説いていたはずが、いきなりはしごを外された形となった親王は、腑《ふ》に落ちない様子でため息をついた。

「解《げ》せないことだ。鬼神でも通り抜けたのか」

「そうでございますよ、きっと」

すっかり興をそがれた親王から解放され、花房はほっと胸を撫《な》で下《お》ろす。

──あの香袋がなかったら、私はどうなっていたのだろう。

事実、花房は親王の吸い込まれそうな瞳に魅せられ、身をゆだねかけていたのだ。

御前を退出した花房は、廊下でつぶやいた。

「あぶないところだった……」

すると頭上から、尖った声が降ってきた。

「あぶないところだって?」

ぶっきらぼうな大声は顔を確かめるまでもなく、花房の従兄《いとこ》、隆家だった。

「隆家、どうして親王さまのところへ」

「月光の宮に呼ばれただけだ」

猛々《たけだけ》しい隆家が光輝親王を徒名で呼ぶのは、どこか不似合いでおかしくて、花房はくすりと笑った。が、これが直情径行の隆家の癇《かん》に障ったようだ。

「お前が、月光の宮のもとへ通っていると、宮廷中の噂になっている」

「それは……」

舞楽の稽古をつけてもらうためと説明しかけて、花房はすぐに思いとどまった。自分が舞うのは彰子主催の宴であり、その催しは姉の定子を亡くして間もない隆家を傷つけるかもしれないと思ったからだ。

「今すぐやめろ。あの親王は、色好みで有名なお方だぞ！」

「噂は聞いてる」

「どこまでやら。あの方は、姉上に求婚したどころか、兄上にも迫ったんだ」

とんでもない、と花房は叫びかけた唇をすかさず扇で押さえた。

「親王さまが、伊周にまで迫った？」

伊周は美男子のため宮中の女房たちには人気を博していたが、美食が祟《たた》り、若いうちから巨軀《きょく》でもあった。美童として可愛がるには大柄すぎる、と誰もが思うところだ。

「それがあの方の底知れなさだ。まあ、兄上への口説きは冗談だったようだが」

隆家は、じろりと花房を睨む。眼光の鋭さは、怒気の激しさをそっくりうつしていた。

「宮は、お前に興味を持って、宇治から出てきたともっぱらの評判だ」

「え、私のために？」

「ああ。お前がいつ陥落するかの噂でもちきりだ」

「……私は、恋をしてはいけない身で」

「だから！　俺はこんなに心配している！」

花房には、肌から薫る〝惑わしの香〟が人を引きつけるのと同じく、自分の姿もまた蠱《こ》惑《わく》の対象なのだという自覚が皆無だった。

かつて出雲《いずも》へ流された際、隆家は花房への恋心を捨てると断言したはずだったが、帰京と同時に恋心も回収してきたようで、嫉妬に滾っているのは一目瞭然《いちもくりょうぜん》だった。

「月光の宮へは、帝の命以外、絶対に近寄るなよ」

「絶対にと言われても……」

「絶対だからな！」

言うだけ言って、隆家は足音も荒く、親王のもとへと去っていった。

「……私が、伯父上の命令に逆らえるわけがないだろうに」

花房にとって、道長の命は主上のそれと等しいか、それ以上なのだから。

「どうしよう……」

出仕を終えて土御門邸へ帰った花房は、衣冠束帯を解くと、乳兄弟の賢盛へこぼした。伯父・道長のために、光輝親王の情報収集をしなければならないのは至上命令だが、寄れば口説かれ、おまけに宮廷人の噂にもなっている。

「かてて加えて、隆家までご立腹だ」

「あいつは別格」

隆家が花房へ寄せる激しい思慕を知るがゆえに、賢盛も眉《まゆ》をひそめた。純情な熱血漢が本気で恋をしたら、弓矢でも止められはしない。

「それにしても、隆家が親王様に呼ばれたと言ったな」

「うん。自分からご機嫌伺いに行ったのではないようだ」

「だとしたら、厄介だぞ」

漢学と諸芸に精通する親王と伊周の語らいは、同好の士の会合で済むが、兵部卿《ひょうぶきょう》の地位へ返り咲いた隆家を呼びつけるとあっては俄然《がぜん》、政治の色を帯びて見える。花房が目的を訝《いぶか》ったのと同じく、賢盛も親王に企ての気配があると疑っていた。

「どうする、道長様へ報告するか」

「まだ早いよ。だって伯父上に報告したが最後……」

「親王様は逃れても、隆家たちは、徹底的に踏んづけられるな」

言われるまでもなく、花房だって道長がどのように反応するかはわかっている。

道長は、敵と見なした相手を完膚《かんぷ》なきまでやり込める気性の持ち主だ。

「まだ親王さまの心は定まっていない。ただ、伊周と隆家を近くに寄せているだけで」

「それだけで、道長様が動くには十分だ。あの兄弟だけなら可愛いものだが、後ろに誰がついていると思う。蛇蝎《だかつ》の一族・高階家だぞ。道長様には怨敵《おんてき》だ」

伊周たちの母系の姻戚《いんせき》・高階家の恐ろしさは、かつて身をもって知っている。それをあっさり過去のものとしている花房の忘却力を、賢盛は責めた。

「道長様にとんでもない呪詛《じゅそ》をかけたのは、あいつら一派だぞ」

「わかってる。でも親王さまは、そんな輩《やから》に与《くみ》する方ではないよ」

「確かに。あの方は、ああいう邪悪な輩を、おのれの輝きで退けそうだ」

裏を読まねば花房を護れない。だから賢盛は、ひと目見ただけで相手の本性を見抜く。

そんな彼の目からしても、光輝親王の輝きは本物だった。

「もしかしたら、親王様こそが陰謀に巻き込まれているのかもしれないな」

「どうする、賢盛。お護りしなければ、親王さまの立場が危なくなる」

「でも、お前が無防備にヒロヒロと近寄れば、本当に危ない」

それを防ぐために、賢盛は明日からは化粧を濃くして、花房の側につくと宣言した。

「俺がバッチリ塗ったら、親王様だって花房無視してこっち向くぞ」

「それ、例のアレになるってことかな、賢盛」

宮廷では、化粧をことさら濃くして目鼻立ちを際立たせた男子を〝美珠有系《びじゅあるけい》〟と呼ぶ。ことに宮中の女房たちは美珠有系が大好物であり、賢盛などはその美貌を買われて、もっと化粧を濃くしろと迫られてもいた。

「賢盛が白粉《おしろい》をたっぷり塗って、もっと色っぽくしたら、私も無事だね」

「ああ。俺が引きつけているうちに、逃げろだな」

安堵《あんど》のため息をついた花房へ、賢盛が醒《さ》めた声で囁いた。

「お前が危なっかしくて、見てられない」

親王の眩しさに花房の目がくらみかけているのを、賢盛は見抜いていた。

＊　＊　＊

都八条《はちじょう》の辻《つじ》の朝ぼらけ、上臈《じょうろう》姿の女性があらわれた。

まだ朝食の粥《かゆ》も炊けてはいない早朝に、顔を隠した上品な女性が、菓子を持って辻の子供たちを集めては、唄《うた》を教えているのだった。

「ひとつ刺しては　ひたすらに
　ふたつ刺しては……」
　子供たちは、彼女の通る声に和して、唄を覚えていく。
　きちんと唄えば、ご褒美として唐菓子をひとつ貰《もら》える。
「もうひと節覚えたら、褒美はふたつ。さ、覚えてたもれ」
　――三つ刺しては　御姿《みすがた》の……
　きちんと唄えば、天女は舌がとろけそうな美味《おい》しい菓子をくれる。
　女性が菓子とともに授ける唄を、貧しい辻の子供たちは喜んで唄いつないでいった。

＊　＊　＊

　翌日、化粧を濃いめに仕上げた賢盛を見て、道長は呻った。

「近頃、若い公達《きんだち》とその従者に流行《はや》っている、何とか系という化粧か」

「はい、道長様。倫子様たち女性には、たいそうウケました」

　どこかやけくそ気味に胸を張る賢盛へ、道長はいぶかしげな視線を投げかけた。

「女相手に塗りたくったわけではないだろう。それで光輝親王を籠絡《ろうらく》する気か」

　賢盛の冷たい美貌は、化粧で冴えわたっている。花房を護るために自ら囮《おとり》となる捨て身の作戦を見破って、道長は呆《あき》れたと大きな手を振った。

「左近《さこん》の桜、右近《うこん》の橘《たちばな》とばかりに、ふたり揃って狙われるのがオチだ」

「いざとなったら、腕にもの言わせて逃げられますよ」

「相手は親王だぞ。殴って怪我《けが》でもさせたら、大事になる」

「でも、このままだと花房は、親王に魅入られる」

「……なんだと?」

親王を探れと命じたものの、道長は花房の身を案じていた。ここへきて、賢盛が囮作戦を決行するに至り、親王が花房へ寄せる関心は、予想以上に高いのだと気がついた。

恋を知らずに育った花房は、したたるような色気の親王に対して免疫が一切ない。それを賢盛は恐れていた。もとより花房は、親王の人柄には惹かれているのだ。

「花房では、あの親王に太刀打ちはできないか」

「ああ。見てるこっちがハラハラする」

道長の精悍《せいかん》な面に、闘志が宿った。

「お前たちを餌食《えじき》にするわけにはいかない。私が出向いて、直々に話すとしよう」

第三帖　親王の知恵袋

土御門《つちみかど》邸は道長《みちなが》の屋敷《やしき》だが、邸内で一番敬われているのは彼ではない。同居している道長の姉にして一条帝《いちじょうてい》の母である東三条院詮子《ひがしさんじょういんせんし》だった。彼女に対しては、館中《やかたじゅう》が別格の敬意を払い、女院を守る宮廷としても機能していた。

現在は腫《は》れ物《もの》を患《わずら》って床についているが、息子の一条帝に対する影響力は絶大で、弟・道長を支持し、帝《みかど》を遠隔操作しつづけている。

当主の道長も、姉への敬慕はひとかたならず、地方の受領《ずりょう》や豪族などから貢ぎ物があれば、一番よいものを詮子へ届けさせる気づかいを忘れなかった。

「姉上、本日のお加減は」

「よくはないが、そなたたちの顔を見て、気鬱《きうつ》が晴れました」

道長の背後に花房《はなふさ》と賢盛《かたもり》が揃《そろ》えば、詮子にくつろいだ笑みが浮かんだ。

「道長、あなたが光輝《みつてる》親王を見舞うと聞いて、宮中が慌てふためいているとか」

「後ろ暗い連中が、勝手に騒いでいるだけです」

「敦康《あつやす》を立太子させたい輩《やから》ですか」

詮子にとって敦康は、ただひとりの男孫だ。しかし、弟・道長の娘・彰子《しょうし》が中宮の地位にある手前、敦康のために安易に動くこともかなわずにいるのが実情だった。

「主上《うえ》に譲位を促して、敦康を立太子させれば、伊周《これちか》のみならず高階《たかしな》家の一党が外戚《がいせき》として騒ぎ出します」

「わかっています。だからこそ私も、病の身で気を揉《も》んでいます」

詮子は、亡き定子《ていし》の外戚である高階一族を蛇蝎《だかつ》のごとく嫌っている。以前に、甥《おい》の伊周をそそのかし、詮子への呪詛《じゅそ》を仕掛けさせたのは、彼らなのだ。

「道長。彰子が男児をなすまでは、敦康はあなたが見守りなさい。伊周に手綱《たづな》を取られたら最後、高階家の好きにされますよ」

「手筈《てはず》は整えます。敦康さえ押さえておけば、主上は彰子を無下にはなされない」

にわかに不機嫌になった道長は、一条帝が他家の后《きさき》を寵愛《ちょうあい》し、男児をもうけることを何より恐れていた。ことに右大臣・藤原顕光《ふじわらのあきみつ》の娘元子《げんし》は、帝に召される頻度も高く、彼女が男児を産めば、親王の外祖父となる顕光の方が、道長よりも立場が強くなってしまう。

「そなたにもっと年長の娘がいれば、話は簡単なのに。彰子の懐妊まで、あと数年は待たねばならぬとは」

と言いつつ、詮子は花房をちらりと見やった。

「花房が女子であれば、すぐさま道長の養女にして、主上に差し上げるものを」

「姉上、そればかりは無理な願いというもの」

苦笑する姉弟の前に控える花房の脇《わき》の下を、冷たい汗が伝っていった。

——私の秘密、絶対に気づかれてはいけない。

花房が女であることを伯父の道長にすら隠しおおせているのは、半ば奇跡に近い。花房《おお》の身辺を固める乳母や賢盛、そして陰陽師《おんみょうじ》たちの結束があって、どうにか貫き通した大嘘《うそ》だ。

——女であったら、入内《じゅだい》させられて騒乱の元となる。

陰陽師たちが予見した未来は、紙一重の差で存在していた。

「さて、花房、賢盛。不埒《ふらち》な親王へご挨拶《あいさつ》しにいくか」

左大臣の重責にあっても、道長の横顔には時折、腕白坊主の表情がよぎる。

「伯父上、そのおっしゃりようが不埒です」

「大臣になったからといって、行儀よくしていると思ったら大間違いだ」

花房が側《そば》にいる時に、道長の子供返りは著しくなる。

東三条院は、弟と甥のじゃれ合う様を見て、再び笑顔に戻った。

「武春《たけはる》、お前も一緒に来い」

道長に供を命じられた武春は、花房と賢盛を見た。

左近右近《さこんうこん》の対の花にも似て、今日も煌《きら》めいて見えるのが、幼なじみとして誇らしい。子供の頃から一緒に育っているのに、ふたりを見飽きることがない。

美しく生まれた者は得だ、とおのれの無骨さと引き比べてみるも、卑屈にはならない。むしろ花房たちと誰より近しいと胸を張りたい気分になる。ただし、そんなふたりの艶《つや》めきに、過剰に反応する人物が出てくるのは困りものでもあった。

「これは左府殿、お久しぶりです。本日は供連れもきらびやかだ」

花房に流し目をくれた光輝親王は、ついで化粧を濃くした賢盛へ注目した。

「今日は当世流行《はや》りの美珠有系に仕立てたのか、賢盛。嬉《うれ》しいね」

道長を前にして、臆面《おくめん》もなくふたりへ秋波を送る親王は、帝ですら気をつかう左大臣を微塵《みじん》たりとも恐れてはいない。

「親王様、本日は都へお戻りになった挨拶と、この花房へ『青海波《せいがいは》』のご指南を賜る御礼《おれい》で、参上つかまつりました」

極上の絹布や沈香《じんこう》を手土産《てみやげ》にした道長だが、にこやかさを装っていても、目は一切笑っていない。

「花房へのご指導、心より感謝いたします。しかし、舞以外のご指南はご遠慮申し上げたく」

「粋《すい》を解《げ》さぬ実直さよの、左府殿。風雅の根は好き心にある。舞を通じて心が添えば、さらに深く添いたいと願うのは、人の常ではないか」

「お断りいたします」

道長は、親王の饒舌《じょうぜつ》を、きっぱりと退けた。

「花房と、従うふたりは、私の宝です。いかに親王様でもお戯れになるのは、ご遠慮いただきたい」

「私が無体を仕掛けたとでも？」

親王の視線は、道長を通り過ぎると、花房を射貫いた。

――また、あの眼差《まなざ》しで！

花房の息がしばし止まる。眼差しで縛り上げられた気がする。

親王は花房がうろたえる様を愉《たの》しむと、朗らかに道長へたたみかけた。

「無体は、そなたこそ得意であろう。定子皇后様への嫌がらせの数々……」

定子の名を出されて、道長の面は強《こわ》ばった。

「おまけに敦康を、後ろ盾のない親王として放置しているではないか。哀れな」

「敦康親王様は、私にとっては大切な大甥でございます。ゆかりのないあなた様が後見に立つ必要はございません。私がこの手で、守りましょうほどに」

「そして、次の手駒《てごま》が生まれたら、握りつぶす気か」

言い当てられて、道長はかっと目を見開いた。

道長にとって敦康親王は、かろうじて外戚を名乗れる唯一の手駒。彰子が息子を産むまでは、飼い殺し状態で管理下に置く気でいたのを看破され、はからずも顔色を変えてしまった。が、政争の泥水で鍛えられた左大臣は畏《おそ》れを知らぬ親王へ、ぴしりと釘《くぎ》を刺した。

「あなた様は、政治の世界に無頓着《むとんちゃく》でいらっしゃる方が、似つかわしい」

「私もそう思う。舞楽の教授などしている方が、よほど楽しい。……敦康をそなたに渡せば、花房は私にくれるのかな、道長？」

「政治の話と花房への戯れかけを一緒になされますな」

「私にとってはどちらも同じ。泡沫《うたかた》にして真実かもしれぬ。せめて片方くらいは思いどおりにしてみたいものだ。どちらかくれぬか、のう左府」

にこやかに宣戦布告した光輝親王と道長の対立は、隠しおおせないものとなった。

牛車《ぎっしゃ》の中で、仏頂面《ぶっちょうづら》をしたまま口を引き結んだ道長を尻目《しりめ》に、花房は幼なじみふたりと困った視線を交わし合う。

光輝親王は道長を完全に怒らせてしまった。相手が親王だけに、道長は下手に出てみせたが、腹の中は煮えくりかえっている。

「すげえな、親王様は。道長様相手に、言いたい放題だ」

賢盛がぼそりとつぶやくと、道長はそっぽを向いて目をつむった。聞かぬふりをしながら、実際は耳をそばだてて、自分の感情を整理している最中だが。

道長の知らぬふりをありがたく受け取って、武春は陰陽師の直感のまま語り出した。

「光輝親王様は、見かけは華やかで優雅でも、中身はまるで違う。まるで葛《くず》のつるだ。しなやかなくせに強靱《きょうじん》で、縦横無尽にこちらを搦《から》め捕《と》っていく」

「そうだね……」

花房は、親王の視線ひとつで身動きができなくなる自分が情けなくなる。

――これでは、見つめているだけで腰が抜けた女房たちと、大差ないではないか。

誰もが惹《ひ》かれる美しさの持ち主であるだけに、親王と触れるのが怖い、と花房は袖口《そでぐち》を固くつかんだ。

「親王は葛のつるか、なるほどもっともだな、武春」

道長が、引き結んでいた唇を、にやりと歪《ゆが》ませた。

「ならば我らは、始祖鎌足《かまたり》より帝の血筋に寄り添ってきた藤《ふじ》のつる。葛と藤とのつる比べ、どちらが強いか、ご覧《ろう》じあれだな。な、花房」

　ぐいと肩を引き寄せた道長は、甥と信じている花房の瞳《ひとみ》をのぞき込んだ。

「私は、光輝親王様を嫌ってはいない。むしろ好ましいお方だと思っていた」

「はい。宮中に比ぶべきものなき、親王さまでございます」

「さっきまではな」

　道長は、残念そうに唇を噛《か》んだ。

「だが、この私に正面から闘いを挑んできた。花房、お前、あやつの身辺を探り抜け」

「えっ？」

「お前も二十歳《はたち》を超えた立派な大人だ。親王の身辺を、いかなる手を使っても、探れ」

「いかなる手って？」

「近辺の女房たちに、色仕掛けしてでもだ！」

　花房は声にならない悲鳴をあげた。情報収集のために、貴人の女房たちを色仕掛けで落とすのは貴族の基本行動だが、女性の身では不可能だ。

「ちょっと待って、道長様。花房にはそんな芸当、無理ですよ」

　賢盛が牽制《けんせい》の一声をかけると、道長はじろりと睨《にら》み返《かえ》した。

「花房にやらせたくなければ、お前がやれ。いいな、賢盛」

「ひーっ」

若き日に、荒馬を乗りこなすことを愉しみとしていた道長は、新たな攻撃目標を光輝親王に定めたようだった。

「ボロを出すがいい。いかに親王が刃向かおうが、私はゆくゆく主上の祖父になる」

道長は、花房の肩を抱く手に力をこめた。

「帝になる芽のなかった親王に、何ができるか、見せてもらおう」

花房だけでなく、賢盛と武春の背筋にも冷たいものが走った。

道長は愛する者にはどこまでも優しいが、いったん敵とみなしたら、闘う者の論理で苛《か》烈《れつ》に接するのだ。

――親王さま。このまま闘っては、誰もが傷つきます。

花房は、大切な伯父と厄介ながらも嫌いになれない親王のあいだに立って、何かできないものかと考える。だが、武春が小さくかぶりを振った。

「花房、お前が悩んでも仕方がない。なるようにしかならない」

その穏やかな声に、花房も安らぐ。

「……そうだね。私はただ、普通にしていればいいのだね」

左大臣・道長の虎《とら》の尾を踏んだ光輝親王であったが、彼は飄々《ひょうひょう》と日々を過ごしていた。

頻繁に連歌の会を催し、あるいは宴《うたげ》に招かれて座を沸かしと、華やかに暮らしている。一条帝としきりに交わす文は以前にも増し、また内裏へも顔を出し、ふたりきりで話し込むようにもなった。

人払いを命じられ、帝の前から下がった蔵人頭《くろうどのとう》の藤原行成《ゆきなり》は、花房を呼びつけると、庭へと降り立った。

「主上は近頃、光輝親王への肩入れが過ぎる。そうは思わないか、花房」

「はあ……」

花房の相づちに、行成は言葉を続ける。

「お寂しい主上を、親王がお慰めくださるのはありがたいが、政務に嘴《くちばし》を突っ込まれるのは、いささか興ざめです」

行成は親王が道長に楯突《たてつ》いた件を知っている。そこで、花房が隠し持っている情報を掌握しておこうと、庭でのそぞろ歩きに誘ったようだ。

「親王様の館へ出入りしているのは、もっぱら誰です？」

「連歌の会では、伊周と隆家《たかいえ》、あとは藤原宣斉殿《のぶなり》もお見かけしました」

「備前守《びぜんのかみ》の宣斉殿とな？　普段は目立たぬお人だが」

行成は反道長派の面子《メンツ》を頭の中で並べ、新たな人物を書き加えつつ小さく呻《うな》った。反対勢力の個々人は大した力を持たないが、数が集まれば一掃することもかなわず、彼らの声を無視できなくなる。

「伊周殿に人望がない分、光輝親王で補おうという戦略ですか。高階家の一党も考えたものですね。光輝親王は高階家の連中に、宇治《うじ》から釣り出されているのですよ」

怜悧《れいり》な行成の言葉に、花房は困惑する。あの明晰《めいせき》な親王が、誰かに踊らされるなど考えもしなかった。

「幸いにも花房は、親王にたいそう気に入られている。これからもよく見張っておきなさい」

「行成さままで、伯父上みたいなことをおっしゃいますか」

「主上と道長様、二輪の車がきしまず走れば、宮中政治は穏やかに回ります。それだけのことですよ」

一条帝と道長の双方から信頼篤《あつ》い廷臣は、扇でぽんと花房の肩口を叩《たた》くと、清涼殿へときびすを返した。

その日の花房は、宮中へ病欠の届けを出していた。月のものが来たためである。

身体《からだ》は女性であっても、男として暮らしているせいか、花房の月の障りは軽く、数ヵ月に一度訪れて、三日ほどで終わってしまう。

「乳母や。明日は出仕できるよ。今だって、馬に乗れそうなくらいだ」

「それはよろしゅうございました」

花房が月の障りのあいだは、乳母である菜花《なばな》の局《つぼね》が付きっきりで世話をする。血の穢《けが》れが生じるとのおそれから、息子の賢盛も遠ざけて、ふたりきりで時を過ごす。手塩にかけて育てた花房を独占できるため、菜花の局は、この籠《こ》もりの数日を大切にしていた。

「花房さま、恵子《めぐみこ》さまからお便りが来ましたよ」

「母上から？　なんと」

花房の母親の恵子は、夫の死を機に出家し、現在は尼寺で暮らしている。夫の菩提《ぼだい》の弔いに専念し、俗世を忘れているためか、花房のことも時折思い出す程度で、文《ふみ》も途絶えがちだった。

「花房さまが『青海波』の稽古《けいこ》を光輝親王さまにつけていただいていると知らせたら、それはもうお喜びで」

花房の両親は春先の淡雪にも似た儚《はかな》い風情で、この世のしがらみとは縁遠かった。夫の死とともにこの世を捨てた母が、少しでも心を寄せ返してくれたことが花房には嬉しくて、目頭をぬぐう。

「母上には『青海波』を舞った暁には、ご挨拶にいこう」

「はい。ご一緒します」

花房が乳母へ甘えかかった時だ。

「おいっ、親王様から急使が来たぞ！」

月の障りの時だけは、賢盛も花房とは距離を置くが、今ばかりはと部屋へと踏み込んできた。

「すぐ来いとのお召しだ！」

咲《そ》き初めの桃の枝へ結ばれた文には、薄桃色の薄様に、滑らかな文字が躍っていた。

「桃花綻《ほころ》ぶ庭に佳人待つ……」

漢詩を戯れてはいるものの、間違いなく花房を呼び求めている文であった。

「これは、私に誰かを会わせたいと、おっしゃっているのかな」

「ああ。普通じゃない状況だ。何かを目論《もくろ》んでいるんだ」

花房は鋭く一声発した。

「乳母や、病欠はここまで。親王さまのところへ出向く」


とろりと甘い笛の音が鳴り、宴は雰囲気をしつらえ、客人を待っていた。

「遅くなりましたっ！」

桜の襲《かさね》の直衣《のうし》で馳《は》せ参じた花房は、光輝親王が同じ襲の色目を召していると気づき、しくじったと顔を伏せた。

「そなたに合わせて桜の襲にしたのだが。何か気まずいことでもあるのか」

「……いえ、勿体《もったい》ない」

「そなたは遠慮が過ぎる。私はもっと甘えてもらいたいのだが」

親王は花房の手を取ると、いつもの詠《うた》うような声で語りかけた。

「そなたは衣も宝玉も、欲しがるまい。おまけに私の気持ちも迷惑ときている」

「そんな、畏れ多いこと」

「そなたが喜ぶ贈り物は何かと考えたが、この世で最も貴いものに思い当たった」

「この世で最も貴いものでございますか」

「そう。知恵だ」

親王は花房の驚く顔が待ち遠しいとばかりに、侍童へ声をかけた。

「佳人をこれへ」

「あっ！」

侍童に導かれて姿を現した女人を見て、花房は驚きの声を抑えられなかった。

「……少納言《しょうなごん》！」

皇后定子の死後、里へ下がっていた清少納言《せいしょうなごん》が、鈍色《にびいろ》の衣を重ねた姿で現れたからである。もとより痩《や》せた顔は、定子の死を悼むあまりいっそう細くなっていたが、内から迸《ほとばし》る才気は、意気軒昂《いきけんこう》だった往時を彷彿《ほうふつ》とさせた。

「少納言、お元気でいらっしゃったのですか」

昔なじみの花房へ、才女は大らかに頷《うなず》いてみせた。

「宮さまがお隠れになって、私も共に逝こうと念じましたが、思い直させてくださったのが親王さまです」

定子の死後、食を断っていた清少納言へ、いち早く文を送って立ち直らせたのは光輝親王だという。今まで宮中から離れていた親王が、定子の後宮の面々と密に連絡を取り合っていたのだと知り、花房は貴族社会の情報網に舌を巻く思いだった。

――そして少納言も、敦康親王を担ぐ一派に加わっていたのか！

定子への忠誠心が誰より篤いだろう清少納言は、女主人を失った今、敦康親王の立身を目論み、そのために動こうとしていた。それもまた自然な流れであると花房は思う。

花房と清少納言、ふたりが懐かしげに互いを見やる姿に、親王も素直に喜ぶ。

「定子殿の後宮の宝は、私にとっても知恵袋だ。今は私の話し相手なのだよ」

「親王さまの下でなら、宮さまのことをいくら語っても、憚《はばか》りがないのです」

花房は頷いた。

宮中では、左大臣・道長の顔色をうかがい、今では誰もが定子の存在を否定している。

その空気に、定子の兄弟である隆家ですら反論できないでいた。

「ここでは、皇后さまの話が、普通にできるのですね」

「そうです花房さま。そして宮さまのことを語り継げるのは私だけ。私が語らねば、宮さまは本当にお隠れになってしまう」

清少納言は、定子の死をそのまま受け入れるのではなく、彼女の生きた絢爛《けんらん》たる時代を随筆で語りつづけようと決めたのであった。

「私が書けば、宮さまは生きつづける。今日も明日も、輝いて……」

清少納言から再び立ち上がる覚悟を聞き、花房はこみ上げる涙を袖に吸わせた。

「ご立派なお心ばえでございます」

定子を全身全霊で愛したからこそ、清少納言は彼女のために道長を呪詛した。それを阻止しようと花房は命まで落としかけたが、純粋な愛情が根底にあっての所業と知れば、恨むよりも前に憐《あわ》れみだけが溢《あふ》れてくる。

「少納言、皇后さまのために、また書いてください。あなたの筆を、多くの者が待っています」

ひとしきり花房と清少納言は手を取り合って泣き、連座する者も皆涙をぬぐった。

「泣け、花房。私も共に泣くゆえ、遠慮なく」

臆面なくはらはらと涙をこぼす光輝親王に、花房の心は、また揺れた。

美しいと断じたものだけを愛し、強大な権力にも屈しない伸びやかさは、まさに王者のそれであった。

――親王さまが、伯父上の敵になっても、たぶん私は嫌いにはなれない。

この世に通用する正義や誠は、一方向から見ただけではわからない。光輝親王が平然と道長へ反旗を翻す裏には、追い落とされた定子への同情と憐れみが存在していた。

「花房さま、そなたとの再会で、私は生き返る思いがしました。ではこれにて」

執筆のためにと清少納言は自室へ下がり、花房は改めて親王へ礼を言った。女主人への忠義で殉死を望むほどの傷心から立ち直らせるなど、並の者にはできないわざだ。

「少納言のこと、本当にありがとうございました」

「そなたも心配していたのであろう、心優しいゆえ」

「いいえ、優しいなどとは」

「私にも、もう少し優しくしてほしいものだ。一度でいい、朝まで共に過ごさぬか」

親王に心許していた花房は、さっと身を引いた。清少納言と対面させる粋な計らいは嬉しかったが、その裏には、花房を陥落させるためならば手段を選ばない匂《にお》いもする。

「お許しください。私は恋をしてはいけないと、陰陽師よりきつく誡《いまし》められております」

「嘘を申すな。隆家とは衣を交わし合った仲だというではないか」

「えっ、なぜそれを」

親王の甘い目許《めもと》に、不機嫌な色が宿った。どうやら花房を守るために、隆家が牽制をかけたようである。

「そなたの陰陽師は、夜語りする相手まで卦《け》をたてるのか」

返答に詰まる花房へ、親王は悪戯《いたずら》っぽく語りかけた。

「では双六《すごろく》で勝負をしよう。私が勝ったら、一晩共に語り明かす。そなたが勝てば、私の龍笛《りゅうてき》をくれてやろう」

「親王さまご愛用の龍笛を！」

笛と聞いて、花房は固唾《かたず》を呑《の》んだ。彼の所有する楽器は、名品揃いで有名である。

「たとえば『銀糸鳥《ぎんしちょう》』など、そなたも気に入ると思うが」

侍童に笛を用意させた親王は、形よい唇を添えると、透き通る細い音で奏で始めた。花房は初めて聴く曲であったが、月の光を浴びて舞う二羽《わ》の鶴を想起させられる。

──なんという鳴りのよさ。細くともかすれず、澄みきって伸びやかな音。

花房の身には、楽人だった父・純平《すみひら》の血が流れている。その血が騒いだ。この名器を手に入れて、思うがままに歌わせてみたいと欲がでた。

「お気に召したかな、花房。そなたのために即興で吹いてみたが……」

花房の目の色が変わったのを、親王は見逃さなかった。

「双六で勝てば、この笛をとらそう」

「その勝負、お受けします」

その場に賢盛が居合わせたら、仰天して花房を止めたのだろうが、この時、彼は控えの間で女房たちに歓待されていた。花房とふたりきりの時をつくるために、親王は賢盛をうまく離して、女房たちに酒肴《しゅこう》を勧めさせていたのだ。

「そなたに運があるとよいな」

長い指で器用にさいころを弄《もてあそ》ぶ親王は、含み笑いを隠さなかった。

花房と親王の勝負が始まった。

「そなたから始めるがよい」

盤双六は、黒白の石を十五個ずつ駒《こま》として持ち、二個のさいころを振って、相手の陣地にすべての駒を送りこめば勝ちとなる。

花房の先攻を許した親王は、その手つきを眺めて、いっそう笑った。

「賽《さい》は投げるではなく、踊らせるものだ、花房」

その言葉のとおり、親王は器用にさいころを振ると、ほしいままに目を出して、駒を進めていく。

「えっ、えっ、嘘」

親王のさいころさばきは奇術のごとき鮮やかさで、花房がまごついている間に、差はどんどん開いていった。

「おやおや、また一の目ふたつか。そなたは欲がないな」

花房が焦れば焦るほどツキは逃げていくようで、賽の目は望まぬものばかり。

「親王さま、どうしてあなたばかりが」

「花房が私のものになるならば、六の目並べ！」

さいころは親王の命に従い、言われたとおりの目を出す。親王の持ち駒が、次々と花房の陣へ分け入ってくる。

「あ、ああっ」

「どうする花房、もうあとがないぞ。今宵《こよい》は朝まで語り合おうぞ」

「ちょっと待ってください、あのその……」

「私は真剣に笛を賭《か》けたのだ。でも、そなたには真剣さが足りないようだな」

花房はここへ来て、おのれの甘さを呪《のろ》った。名器の笛ほしさに、おのが身を賭ける怖さを失念していたのだ。

「さて、次の手で終わりにしよう。ふたつで五！」

親王の長い指がさいころを踊らせると、花房をあざ笑うように転がり、ふたつの賽の目の合計は五となった。

「ああっ！」

あまりにもあっさり負けた花房が青ざめると、侍童のひとりがクスリと笑った。

「……親王さまは、ご自由に賽の目を出されるのです」

「なんてこと！」

「さて、奥の間で夜語りでもするとしよう」

「そ、それだけは。本当に、陰陽師から禁じられているのです」

「隆家と衣を交わしたと聞いたが、その例外はよいのか？」

「単に衣を交換しただけです！」

必死に弁明する花房の腕を、親王はするりとつかんだ。力強い手だった。

「ならば、私にもそなたの衣をくれまいか。奥の間で」

「衣だけでは済まないでしょう」

「あとはそなたの心次第。私は思いの丈を告げるだけだ」

親王の甘く潤んだ瞳に、花房の全身は硬直した。

――怖い。このままだと引きずり込まれる！

彼女の恐れと惑いを見透かし、月光《げっこう》の宮《みや》は頬《ほお》を寄せて囁《ささや》いた。

「無理強《むりじ》いはせぬ。そなたは、私の想《おも》いを受け止めるだけでよいのだ」

「できませぬ。どうかこのまま帰してください」

「案ずるな。衣を交わして、言葉を交わすだけだ。それとも何か、そなたは私にもっと素晴らしいものをくれるつもりか」

恋への誘いに花房が揺れ惑っているのを、親王は見抜いている。駆け引きを知らぬ無垢《むく》な花房に揺さぶりをかけつづければ、落花の時は目前だと。

「衣を交わして、語り合うだけだというのに、あまりに情のない……」

「親王さま、お願いですから……」

抗《あらが》う力も頼りなく、花房が奥の間へ引きずり込まれようとした時である。

「宮様、急ぎの客人が」

家司《けいし》が来客を告げた。伊周と隆家が揃って訪れたという。

「無粋な間で現れたものだ。ふたりとも馬に蹴《け》られるがよい」

口惜《くや》しげに花房を放すと、親王は客人を通すように命じた。

――助かった!

花房は慌てて衣を整え、着座した。


「……ん?」

姿を現した隆家は、花房と親王のあいだに流れる奇妙な空気を察知した。並ならぬ緊張の名残《なごり》と、取り繕った寒々しさと。

兵部卿《ひょうぶきょう》・隆家の顔色が変わった。

第四帖　桜に惑う男たち

「俺が悪かったよ。まさか親王様が、お前を賭《か》けに誘うなんて」

牛車《ぎっしゃ》の中で、花房《はなふさ》に責められた賢盛《かたもり》は、恐縮しきっていた。

清少納言《せいしょうなごん》に引き合わせようと、光輝《みつてる》親王の館《やかた》へ呼ばれた花房だったが、同行した賢盛は「秘密の対面ゆえご遠慮を」と家司《けいし》に引き離され、控えの間へと連れていかれた。

そこで待ち受けていたのは、美男の賢盛に近づきたいと願う女房連中による、途切れることのない酒肴《しゅこう》と色気の接待だった。普段は慎重な賢盛だが、洗練された女性たちが我先にと争って歓待に出たため、つい気をゆるめて客人気分を満喫してしまったのだ。

その間に、花房は親王と龍笛《りゅうてき》を賭けて双六《すごろく》の勝負をし、あわや寝所へ引きずり込まれる寸前までいった次第である。

「伊周《これちか》と隆家《たかいえ》が訪ねてこなかったら、どうなっていたか」

「本当に悪かった。次からは酒と女には用心する」

「賢盛まで、そこいらの男みたいな、だらしないことを言うな」

花房は、乳兄弟の美男ぶりが、多くの女性から褒めそやされるのを、本心では誇らしく思っている。しかし、そちらに気を取られて、自分のお守《も》りが留守になっては話は別だ。いざという時の頼りなさに怒りながらも、花房は困り果てていた。

「私を親王さまとふたりきりにしてくれるな。本当に、あの方が怖いのだ」

「魅力的すぎてか？」

言葉にすれば、その戸惑いが定かになってしまいそうで、花房はかすかに頷《うなず》く。

「親王さまを想《おも》って眠れないとか、思い出すだけで胸が苦しくなることは？」

「ない。お会いするまでは、普通に忘れているけれど、会うと怖くてたまらない」

「ああ、それは恋じゃないな」と、賢盛は軽く流した。

「お前は親王様の迫力に引きずられているだけだ」

賢盛に慰められると、花房の不安は引いていった。

「安心しろ。これからは絶対に目を離さない」

「うん、そうしてくれ」

安心したせいだろうか、花房の両肩がずんと重くなった。巨大な岩がふたつ載っかったような重さだった。

武春《たけはる》は、従兄《いとこ》の陰陽師《おんみょうじ》・光栄《みつよし》から頼まれた暦を、土御門《つちみかど》邸へ届けにやってきた。

宮廷の政務の多くは、陰陽師が占を立てて作成した暦に従って進められている。宮中行事に始まり土木工事などの公共事業も、陰陽道《おんようどう》ではじき出した凶日と方角を避けて行われ
陰陽 寮《おんみょうりょう》所属の官人陰陽師たちは、宮中の関係部署の要請に応じて暦を制作する。

この陰陽寮で一番下っ端にあたるのが見習い身分の学生であり、武春は使い走りとして文《ふみ》や暦を届け回る役も任されていた。今日は帰宅がてら、道長《みちなが》の役所へ新たにつくった暦を届けて、ついでに花房の様子を見るつもりだった。陰陽寮の雑用が多すぎて、光栄が命じたはずの、密着した監視も怠りがちだったのだ。

「ただいま、武春」

親王のねちっこい攻撃から逃れ、疲れ果てた様子の花房を見るなり、武春の全身に衝撃が走った。花房の双肩に、とんでもないものが載っている気がした。

「ごめん花房、ちょっと触らせてくれ」

「うん、武春。今日はとっても疲れてしまって、肩こりがひどい――」

触れた瞬間、武春は手が弾《はじ》かれる反発とともに、ふたりの男の貌《かお》をはっきりと見た。

「え、マジ?」

花房の肩には、従兄・隆家と、月光《げっこう》の宮《みや》と徒名《あだな》される光輝親王が、ドッカリと生き霊になって取《と》り憑《つ》いていたのである。

左には、怒りに満ちた隆家の貌。右には余裕の笑みを浮かべた親王が、花房の両肩でフラフラと揺れて、重さ比べをしていた。

「お、おい……花房、とんでもなく不味《まず》い状況だって知ってる？」

武春は慌てて花房の肩へ手を置くと、ふたりの念を祓《はら》いのけたが、即座に消える念ではない。ふたりの生き霊は立ち去りざまにそう告げていった。

ここまで真剣な念は、花房の肌に宿る桜の香りを消す程度の〝反射の香〟では防ぎきれない。花房の本体を追い求めるために、隆家と親王のふたりは、起きている正気の時ですら生き霊を飛ばしていたのだ。

特に、嫉妬《しっと》に燃えた隆家の貌の凄《すさ》まじさを直視して、武春は絶句していた。

(俺ごときじゃ、戦えないかも)

相手が単なる邪念ならば真正面から追い祓えるが、直情のまま向かってくる隆家の一途《いちず》さはうっかりすると共感してしまい、防ぎきれないと予感したのだ。

「ねえ、花房。お前の肩こり、単なる疲れじゃないからな」

「え、これ以上何かあるのか」

武春は、幼なじみの無防備さ自体が、天災の域だと顔をしかめた。

「こんなの連れて、出仕できない……」

花房へ取り憑いた男ふたりの生き霊を祓うため、武春は従兄の光栄に、特別な式神《しきがみ》を仕立ててもらった。

「相変わらず、いろいろなものを引き寄せる方ですね」

武春に連れられ、陰陽師の館を訪れた花房は、一瞥《いちべつ》するや眉間《みけん》にしわを寄せた光栄に、肩こりの正体を教えられて震えた。

「隆家と光輝親王さまの念が、私の肩に載っているとおっしゃいますか?」

「はい。それを俗に生霊《いきすだま》と申します」

「いきすだま?」

「普通の生霊は悪念なので、簡単な式で追い祓えますが、これが清らなる恋の煮詰まったものの場合は、並の式を立てても簡単に破られます」

光栄は指を中空に滑らせると、花房を取り巻く方陣を描いた。

「清きもののみ入れ」

その声を待ちわびていたかのように、花房の両肩に重い何かがのしかかった。

「陰陽師、今の何?」

「正邪を選《よ》る方陣をもうけましたが、簡単に突破されましたな。つまりは、花房殿に取り憑いた生霊は、邪《よこしま》でない分、追い祓うのが厄介なのです」

「邪でないって言われても、私には重すぎて」

「この世に純愛ほど重い感情はありませぬゆえ。おそろしいことに、あの月光の宮ですら今もあなた様を想って、鬱々《うつうつ》としていらっしゃいます」

「なんでわかるの？」

「あまりに念が強すぎて、宮と兵部卿《ひょうぶきょう》の顔《かんばせ》がはっきりと見えるくらいです。のう武春」

「う、うん」

武春は気の毒そうに、花房から顔を背けた。

「ごめん。ふたりとも悪《あ》しき者じゃないから、俺の破魔破邪の気だけでは祓えない」

「じゃあ、私はずっとこのままか。肩に岩がふたつ載っている気分なんだぞ」

憤慨する花房に対し、光栄は安心した表情で受け流した。

「花房殿に仕掛けたこの方陣は正邪しか判断しませんが、護《まも》りの式を置けば、おふた方の恋慕の念も、陣の外へ退けられます」

「やってください、光栄どの。今すぐやって、それ！」

言われるまでもない、と光栄は薄様を一枚取り上げ、中空に吊《つ》り上《あ》げたまま、墨痕《ぼっこん》鮮やかに虎《とら》を描いた。

「今の花房殿を守護するのは、方角的に白虎《びゃっこ》でございます。ゆえに、雪華のごとき清廉な白虎よいでよ。花房殿をいかなる念からもお護りもうせ」

言葉に魂が宿ると、薄様一枚に描いた虎の画《え》すら命を得る。

『ぐわぉっ』

ひと声啼《な》いて紙から抜け出た半透明の小さな虎は、花房の膝《ひざ》に飛び乗ると、すぐさま肩へ向かって吠《ほ》えた。

途端に花房の肩から、重石《おもし》が取れた。

「すごい！　この透明の虎？　虎と言っていいのかな……」

墨痕だけで形をなしている半透明の虎は、あたりを睥睨《へいげい》すると、またも吠える。

「ご安心を。この式は、花房殿を命がけで護ります。頼りにならない従者や陰陽の学生よりも、どれほどマシか……」

光栄にじろりと睨《にら》まれ、賢盛と武春は、がばと伏した。

かくたる次第で花房へ張りついた、虎の画より抜け出た式神であったが、実体はなくても姿と気性は、虎そのものである。

『がるる……』

「ねえ、本当にこんなの連れて出仕するの？　蔵人頭《くろうどのとう》の行成《ゆきなり》様に怒られる……」

やたらと威嚇する虎の式神に閉口しながら、花房が道長へ朝の挨拶《あいさつ》へ向かえば、左大臣は奇妙な光景に吹き出した。

「ぷっ！」

透明の虎が、小さな牙《きば》を剝《む》いている。

「これは面白い。花房、私が行成には文を送って説明するから、安心して出仕しろ」

「でも伯父上、こんなの変でしょう。式神が、はっきりと見えるのですよ！」

「宮中の者が、さぞかし喜ぶであろう」

道長は、虎の式神を愉快げに眺めると、朝餉《あさげ》に出ていた干し魚の切れ端を投げやった。

『ぐわっ』

一声吠えられ、道長は満足そうに、ぺろりと唇を舐《な》めた。

「餌《えさ》にも転ばぬとは大したもの。これならば、どこへ出しても安心だ。な、花房」

言われるがまま、花房は透明の虎を従えて出仕する羽目になった。

「式神。せっかくついてくれたお前を、なんと呼ぼうか」

透き通った虎の横腹には、太い渦巻き模様が主張している。

「お前の名前は〝渦《うず》〟にしようか。よし、〝渦〟だ」

言われて式神の虎は、嬉《うれ》しげに啼いた。

いつにも増して宮廷人たちの視線が痛い。

花房は目を伏せながら、式神の虎〝渦〟を従えて清涼殿へのぼった。

「花房。そなたの連れている不可思議なるものは、何なのか」

好奇心旺盛《おうせい》な一条帝《いちじょうてい》は、すぐさま式神へ目をとめた。

すかさず蔵人頭の行成が耳打ちする。

「左の大殿から伝えくるには、陰陽師・光栄がつけた式神だそうで」

「それが式神か！　噂《うわさ》には聞いていたが、目にするのは初めてだ」

一条帝が手を差し伸べると、式神は掌《てのひら》に飛び乗って、宙返りを三回見せた。

「おおっ！」

笑いを一切殺していた帝《みかど》のまわりに、驚嘆の声と笑みが溢《あふ》れた。

「なんと！　実に可愛《かわい》く、愛《いと》おしい……」

皇后定子《ていし》の死以来、初めて声をあげて笑った一条帝は、すぐさま文をしたためると、花房へと下げ渡した。

「光輝親王のもとへ、そのおかしげなるものと一緒につかわそう」

花房があたふたしていても、一条帝はつかの間取りもどした笑みを返す。

「そなたが、そんなものと来たら、月光の宮もどれほど興をもよおすか」

暇が仕事の親王なれば、主上《うえ》から使い下された蔵人に、世にも稀《まれ》なる式神が添えられた景色を、喜ばぬはずもなかった。

「ぷっ！」

優雅を体現している親王は、笑いをこらえようと、慌てふためき扇で唇を隠したが、遅きに失して、艶《なま》めく唇からは童にも似た笑いが吹き出した。

「はは。何だそれは。花房、申してみよ」

「式神でございます。陰陽師光栄殿より我が護りにと下されまして、本日より」

「また風流な出《い》で立《た》ちで……」

かつてないものが訪れたと、親王は大喜びである。

「陰陽師からのつけ回しとは、この私を避けるためにか」

「はて、それは……」

明言できぬ花房をよそに、親王は取り寄せた酒を、虎の前に置いた。

「可愛い虎御《とらご》よ、これが初の目見えだ、まずは飲みなさい」

『ぐわっ』

厚意の一献《いっこん》を即座に退けられて、光輝親王は長い睫毛《まつげ》を伏せた。

「おかしや。透き通った虎が、私に向かって吠えかかる」

親王は、牙を剝いて呻《うな》りをあげる虎へ、白い手をするりと伸ばした。

「おいで。お前にならば、私の持つ龍笛のひとつも、くれてやろうほどに」

虎は、解《げ》せぬといった顔つきで、親王へと歩み寄った。花房の護りについている式神の警戒心すら解いてしまうのが、この親王の計り知れないところである。

「可愛いお前には何をくれようか。〝牡丹景《ぼたんけい》〟か、はたまた花房が一夜と引き替えに賭けた、あの〝銀糸鳥《ぎんしちょう》〟か」

親王の言葉に並ならぬ執着を感じ取り、虎の式神はガッと吠えた。

「素晴らしい。きちんと番犬、いや番虎の役割を果たしているではないか」

今日は忠義の虎に免じて、花房へ言い寄るのはやめようとじゃれてはいるものの、親王の甘い目の奥には滾《たぎ》った光がまたたいていた。

「式神に頼ってまでも私を退けるとは、面白い。花房、私をいよいよ本気にさせたな」

「いえそれは……」

「いたずらでは済まぬ域に、私を追い込んだのは誰か。誰が悪いか、もちろんそなた。もしも高嶺《たかね》の花ならば、たとえ岩肌這《は》いのぼりても、行く手で容易《たやす》く手折《たお》れるものを、なぜにそなたは逃げ惑う」

応《こた》えに窮する花房のかわりに、式神の虎が吠えてみせた。

『がっ！』

「これは参った。本日はこれにて降参としようか、な、虎殿」

ひらひらと白い手を振り、親王は花房と式神を解放してくれた。

――この式神がいなかったら、今日も危ないところだった……。

親王の館をようよう退出した花房は、土御門邸へ戻った。

ところが、自室へ下がった花房の形相《ぎょうそう》を見て、武春と賢盛は固唾《かたず》を呑《の》んだ。げっそりと面やつれしているのである。

「いつの間に、なぜそんなに疲れているんだ？」

賢盛は、ふらつく花房のために、すぐさま床を整えた。

ぐったりと横になった花房の憔悴《しょうすい》ぶりに、武春は唇を噛《か》んだ。

「式神のせいだ。光栄おじは、花房のために特別強力なのを調達したんだ」

褒められたと感じたのか、式神の虎は、ゴロゴロと喉《のど》を鳴らした。

「そうか……〝渦〟を連れていたせいで、私はこんなに疲れて」

虎は無邪気に花房の頬《ほお》を舐める。

「やめろ式神。お前の力が強すぎて、花房の生気が吸い取られる」

武春が引き離すと、虎はふてくされて横を向いた。

「おい、武春。たった一日、式神つけただけで花房は、こんだけ参ってるんだぞ。ずっと張りつかせたら、ひと月も経《た》たないうちに衰弱死しちまうだろうが」

「忘れていた。花房は人だけじゃなくて、式神すら引き寄せてしまう体質なんだ。現にこの〝渦〟は、花房を……」

わずかな隙《すき》を盗んで、虎の式神は花房の頰へ頭を擦《こす》りつけていた。

「こいつ、返品！　さっさと光栄殿へ返せ」

賢盛が虎を睨めば、睨み返す式神も呻る。両者は花房の守り役として、互いをライバル視していたが、武春の目からは似たもの同士の鍔迫《つばぜ》り合《あ》いに見えた。

「花房。この〝渦〟は、持って帰るよ」

「うん。可愛いんだけど、これ以上側《そば》にいられると、身がもたない……」

青ざめた花房の傍らに伏した虎を武春が撫《な》でると、観念したのか、大人しく彼の肩へと飛び乗った。武春は式神を自らは使えないが、お役御免と悟った虎は、自ら帰宅しようと決めたようだ。

「花房のためだ。一緒に帰ろうか」

土御門邸を式神と共に出た武春は、朧月《おぼろづき》を仰いだ。

「俺ね、花房を自分の家へ連れ帰って閉じ込めておきたいと思うことがよくある」

虎の式神以外、彼のつぶやきを聞く者はいない。

武春は、従兄の陰陽師・光栄を通じて、花房と深く関わるように運命づけられている。

「傾国の星の下に生まれた、とんでもない宿命の花房を、俺は護るふりをしていながら、本心は違う。それはお前も気づいているのかな、〝渦〟……」

腹に渦巻き模様を抱える虎の式神は、返事のかわりに武春の首筋を舐めた。

誰のものにもなってはいけない宿命で縛られた花房を、武春は幼い頃から、身を斬《き》るような切実さで追い求めてきた。花房の側にいるだけで心は浮き立ち、笑いかけられるだけで天にものぼる心地になった。それは昔も今も、変わりがないのだ。

「俺は、歌に詠まれてる恋なんて、どんな気持ちかわからない。この気持ちを、恋と呼んではいけないんだ。俺には花房を護る役割しか、与えられていない……」

朧月を取り巻いていた雲は厚さを増し、やがて小さなひとしずくが落ちてきた。

「〝渦〟よ。俺は、花房に生き霊を飛ばしてきた隆家を責められない。あれは、俺のもうひとつの姿だよ。花房が好きでたまらなくて、どうにもならなくなった俺そのものだ」

漆黒の闇《やみ》に落ちる雨が、次第に勢いを増していく。

しかし、武春の肩にのる虎の式神の全身は光り輝き、夜道を照らしていた。

陰陽師・光栄がしつらえた式神は、花房のみならず、かなわぬ想いに苦しむ武春をも護っていたのだった。

宮中を沸かせた式神は、たった一日でお払い箱となり、それからというもの花房は毎晩悪夢に魘《うな》されるようになった。

正確には、誰かにのしかかられる感触に襲われ、重さと息苦しさで、夜中に何度も目が覚めるのだ。

——花房、なぜこの気持ちを汲《く》んではくれぬ……？

夜毎《よごと》、肌身に食い込むような囁《ささや》きにさいなまれて、花房は汗まみれで飛び起きる。

「うわっ！」

その叫びを聞きつけて、隣室で起居する賢盛が駆けつける。

「大丈夫か」

「大丈夫じゃない」

「そうだろうな。お前につきあって毎晩起こされる俺も、フラフラだもん」

賢盛は花房の額に浮かんだ汗をぬぐい、鬢《びん》からほつれた髪を優しく掻《か》き上《あ》げてやった。

「今夜出たのは、隆家と親王様のどっちだ？」

「たぶん隆家かな。伽羅《きゃら》の薫りが派手だった」

花房は夢の中で絡みついてきた薫りを思い出し、隆家のものだと判じた。

「あいつ、家が没落しても、いい香使ってるからな」

「あのね、隆家は宮中での権力こそ失っても、お祖父《じい》様と道隆《みちたか》伯父上の時代にたくわえた贅沢品《ぜいたくひん》には事欠かないんだよ」

「そのわりには、甥《おい》の敦康親王《あつやすしんのう》には、いろいろ出し渋ってるじゃないか」

「隆家はそんなケチじゃない。敦康親王に出さないのは、兄の伊周の方だ」

「言われりゃそうだ。伊周の後ろには、貰《もら》うことばかりが大好きな、どケチの高階《たかしな》一族がついてるからな」

賢盛の悪態を聞くだけで、花房の緊張はほどけていく。全身にのしかかってきた圧迫感が消え失《う》せていく気《き》がした。

——賢盛と武春は、いつだって私を励ましてくれる。ありがたい。

圧迫感と悪い汗をぬぐい去ってくれた乳兄弟の悪態に、花房は笑いを取り戻した。

「こう毎晩こられちゃ、困るよね。それにしても、隆家と親王さまはマメだね」

「生き霊飛ばす奴《やつ》って、自覚ないらしいって聞くけどな」

賢盛は部屋の四隅を見まわし、まだ飛び交っているやもしれない、ふたりの男の念を祓おうと睨みつけた。

「俺が話、つけようか？」

兵部省での執務を終え、官舎から厩舎《きゅうしゃ》へ向かっていた兵部卿・隆家は、態度と口の悪さで有名な某家の従者に呼び止められた。

「おい、話がある」

無礼な奴、と隆家の従者たちは身構えたが、呼び止められた当人はのんきなもので、さっと扇を振り下ろした。間髪いれずに、賢盛は腕で受けてみせた。

「お見事。花房の従者にしておくには、惜しい腕だ。今日からでも兵部省で働かないか」

「おい、隆家。俺は求職の申し込みに来たんじゃねえぞ」

「そうだろうとも」

見れば、怖いもの知らずの賢盛の後ろには、困り果てた顔の花房が立っている。

隆家は、大きな手で従者たちを追い払った。

「俺が大逆人として追われていた時代に、館へ招き入れてくれた恩人が花房だ。何の悪さを仕掛けるものか。安心して去れ」

心配しいしい去る従者を尻目《しりめ》に、賢盛のいきり立った姿を見おろした隆家は、大きな口を歪《ゆが》めた。

「賢盛。お前って、きれいなのは顔だけだな。どこの家の従者が、この俺に、おいこら呼ばわりできるんだ？」

「俺」

「なるほど。花房には勿体《もったい》ない従者だな。それで俺に話とは」

賢盛は、寝不足がつづくあまり、透けそうな顔色の花房を隆家に確かめさせた。

「お前のせいで、花房はここまでヘロヘロに参ってる」

「俺が何かしたとでも？」

「しまくってるだろうが。お前が生き霊を毎晩飛ばしてるせいだぞ」

隆家は、花房同様に顔色の悪い賢盛をまじまじと見やる。

「俺が生き霊を飛ばしているだって？」

「自覚は？」

「不本意ながら……あるかもしれない」

兵部卿は花房を庭の木陰へと引きずり込み、賢盛はすかさずそのあとを追った。

「おい、隆家。何しやがる！」

「うるさい、賢盛。俺はこの鈍感野郎に、大事なことを言うだけだ」

言葉こそ荒いが、隆家が花房の腕を引く手は不思議と優しかった。手首を握られた瞬間に不器用な熱さが伝わり、花房は頬を染めた。

「隆家……」

「そんな顔するな。賢盛が誤解するだろうが」

花房を毎晩苦しめる悪夢で何度も嗅《か》いだ伽羅が、隆家の胸元から立ち上った。

「俺が生き霊になっているのなら、それはお前のせいだ。お前は恋を知らないから、俺の苦しみがわからない」

「苦しみって？」

「だからお前は、鈍感野郎なんだ。恋がこんなに苦しいなんて誰が教えてくれる？　お前はこの国きっての、大馬鹿野郎《おおばか》だ」

いかに悪態をついていても、隆家は渾身《こんしん》の想いで、花房への思慕を告げていた。そこには嘘《うそ》もてらいもなく、花房は返す言葉を探しあぐねていた。

どれほど求められていても、この従兄へ応えて返せない。

「ごめん、隆家。私は鈍感だから……」

「その鈍感のせいで、俺は生き霊を飛ばしているらしい。迷惑ならば、俺の生き霊を祓ってみるがいい。俺にとっては一生に一度の恋だ」

絶望的な片思いの果てに、生き霊を飛ばしていても、隆家は恥じらうどころか堂々としていた。

「お前が恋をしてはいけない宿業を負う身ならば、それを諦《あきら》めきれない俺もまた業の身。どちらの業が勝つか、勝負してもいいんだぞ」

血気盛んな従兄の言に嘘はない。隆家は子供の頃からずっと花房を追い求め、乱暴な言葉と態度で何度も絡んできたが、それもこれも恋慕ゆえだったと気づいてからは、花房も彼を無下にはあしらえなかった。

「……ごめん。生き霊の件は、もういいから」

「俺の方はよくない。俺の生き霊とやらは、いつから出てるんだ?」

「今年に入ってから」

「月光の宮が、都へ戻ってきた頃か？」

光輝親王の名をあげられて、花房と賢盛は顔色をなくした。

「図星か。あんな好き者へ、情報収集のために接近して。危ないったらありゃしない。そうだろ、賢盛」

隆家から親しげに呼びかけられ、賢盛はすぐには反応できなかった。

子供の頃から見知っている隆家は誰に対しても高飛車で、賢盛などは人に勘定されていないかと思っていたが、不祥事を起こしてからは、寛容さも備えるようになった。不器用なりに、人間が練れてきたのかもしれない。

「花房をきちんと護れよ、賢盛。俺が迎えに行く時まで」

「へっ？」

即座に、花房と賢盛は固まった。壮絶な冗談を聞いたと思ったからだった。

「迎えに行くって？」

「敦康親王を擁して、第一線へ返り咲いた暁には、花房を俺の屋敷《やしき》へ迎え入れる」

「なぜに？」

「叔父上と暮らせるのなら、俺と暮らしてもいいだろう」

花房にとって、道長は父親がわりの存在である。その道長への嫉妬を隠しもせず、花房を奪い取ると宣言する隆家に、賢盛は呆《あき》れてみせた。

「お前、出雲《いずも》へ流されて少しは成長したかと思ったけど、結局は変わらないな」

「なんとでも言え。以前の俺には姉上の後ろ盾しかなかったが、今は強い味方がいるからな、遠慮はしない」

　隆家は兄・伊周とともに光輝親王と手を組み、反道長の派閥を形成すると明言した。その背後には、切れ者の清少納言がご意見番として控えている。宮廷を離れて久しい光輝親王にとって、清少納言が擁する人脈と情報は、かけがえのない戦力となるはずだ。

「敦康親王の血統と、光輝親王の人望、そして清少納言の知恵で、お前は道長様の天下をひっくり返すつもりか」

「月光の宮は、お優しい方だ。姉上に寄せた恋情を、これからは忘れ形見の敦康への力添えにしてくださるとおっしゃった」

　道長潰《つぶ》しの計画を臆面《おくめん》もなく語る隆家に、花房は目を白黒させた。

「それを私に言っていいのか、隆家。伯父上へ筒抜けになるって思わないのかな」

「言えばいい。どうせ叔父上は、俺の計画なんぞ、あの腹黒い蔵人頭と一緒に、はなから見抜いているだろう」

　蔵人頭の行成を「腹黒い」と言われ、花房は頷きそうになるのを、必死にとどめた。

「行成さまのことは置いといて……どうして隆家は、叔父上と仲よくできないのだ？」

「人と争う気のないお前は、そんな簡単なこともわからないのか」

隆家は、花房の邪気の無さを、どこかで憐《あわ》れんでいるようでもあった。

「俺と叔父上は、似たもの同士だ。闘うとなったら、一番を取らないと気が済まない」

「……そういうものなのかな」

「のんきな奴だ。だからこそ、俺はお前を――」

すべてを言わずに隆家は去り、呆然《ぼうぜん》とする花房の肩を、賢盛はポンと叩《たた》いた。

「隆家は大した奴だよ。あの道長様相手に、勝負をかける気だ」

「なぜ伯父上と隆家が、争わなくちゃいけないんだ」

大切な人たちの対立を想像し、花房の胸は苦しくなる。

「お前の星が持つ宿業と、ふたりの因縁が絡んじまってるのかな」

花房は伯父と従兄の気性を思って怖くなる。ふたりとも、いったん抜いた刀は簡単には納めぬ質《たち》だ。

「賢盛、この先、どうなるのかな」

「どうなろうとも、俺がついている。隆家の根性だけがすごいわけじゃない」

乳兄弟は、空を見上げた。春の訪れを祝うように鳥が飛んでいる。

「いざとなったら俺と武春で、お前を連れて逃げればいいさ」

「……どこへ逃げる？」

「一年中、春のところかな」

乳兄弟がニヤリと笑うと、花房の不安も溶けていく。

「もうじき、春の盛りだね」

鳥たちは木々のあいだを飛び回り、鳴き交わしていた。

「花房さま、今日は何があっても成功しますよう、私は食事を断って祈っております」

まだ曙《あけぼの》の紅《あか》さも冴《さ》えぬうちから、乳母はバタバタと駆け回り、花房の短い眠りを破っていた。

「乳母や、お前の気持ちはありがたいけど、ご飯だけは食べて」

「だって今日は、彰子《しょうし》さまの命運を懸けた宴《うたげ》でございますよ。花房さまがうまく舞わねば、彰子さまの行く末まで変わってきます」

「だから、死ぬ気で頑張るよ。お願い、もう内裏へ行かせて」

「いいえ、なりませぬ。まだ呪《まじな》いが足りません」

花房の袖《そで》に取りすがった菜花《なばな》の局《つぼね》は、胸元に挿していた文を読み始めた。どうやら賀茂《かもの》光栄に依頼をして、本日用の呪いを調えてもらったらしい。

「悪夢は草木につき、好夢は宝玉と成る」

これは悪い夢を見た場合にはきれいに捨て去り、よい夢を見れば吉祥と取り込むための呪文《じゅもん》であるが、こんな呪文を唱えるところを見ると、菜花の局は舞の成否を心配して、夜毎悪夢に苦しんでいたようだ。

「乳母や、心配ありがとう。では行ってくる」

「花房さま、吉報をお待ちしております」

花房は乳母の手をほどいて牛車に乗り込んだ。

彰子が主催する内輪の宴へ呼び出された一条帝だが、こうした道長の政治パフォーマンスは天皇といえども粗略には扱えず、つくり笑顔で応えねばならなかった。

「彰子殿、本日は私のために、いろいろとお気づかいありがたい」

他人行儀な夫婦ではあったが、彰子が幼いながらも一条帝を気づかっているのは、居並ぶ女房たちの一糸乱れぬ様子からも明らかである。定子亡きあとの後宮は、彰子を中心に回り、帝を支えていくという心構えが感じられた。

娘・彰子が春の色目の衣も鮮やかに帝を迎える姿を、道長は満足げに見やると、蔵人頭の行成へ耳打ちした。

「あとは花房がうまく演じてくれれば、言うことなしだ」

「桜花《さくらばな》が応援してくれましょう」

庭の桜もほころび、春の宴に欠けるものはない。道長は『青海波《せいがいは》』の装束をまとい、出を待っているだろう花房を思うと、頬をゆるませた。

「彰子が最高の娘ならば、花房もまた私の最高の息子。そう思わぬか、行成」

「いかにも。花の舞台も整って、あとは時を待つばかりです、左府様」

一条帝の傍らには悠然と構える光輝親王がいた。道長は親王をちらりと盗み見た。

「眩《まばゆ》いな。だが、花房が出れば、どなたかの輝きも翳《かげ》ろうほどに」

道長は扇で口元を隠すと、笑いを噛《か》み殺《ころ》した。光輝親王が月光の煌《きら》めきをまとっているのならば、花房の輝きは満開の桜にも似た春爛漫《はるらんまん》の気配である。

「主上のお心に、花房が春を呼び込めばよいな」

宴もたけなわとなり、いったん演奏を止めた楽人たちが退出した。舞楽を披露する段となったのだ。

「主上。本日は春の歓《よろこ》びを共に祝えるこの嬉しさ。花の宴に更なる花を添えて、お目にかけたいと思っております」

「嬉しいことをおっしゃる、彰子殿は」

楽人が再び姿を現し、まずは『輪台』という四人舞が始まった。いずれも血筋のよい貴公子が、稽古《けいこ》を重ねて臨み、整った舞を見せる。

悲しみにくれていた一条帝も愁眉《しゅうび》をひらくと、中宮の重責をになう少女へ微笑《ほほえ》んだ。

定子と交わしためくるめく恋情とは比ぶべくもないが、彰子の精一杯の気づかいに、あたたかい気持ちが蘇《よみがえ》ってくる。

「主上、次の『青海波』は、花房お兄さまが舞うのです」

「ほお、それは楽しみだ」

帝はすでに知っていたが、幼い妻の手前、驚いたふりをしてみせた。

四十人の楽人からなる垣代《かいしろ》と呼ばれる人垣から、花房と藤原清音《ふじわらのきよね》が舞い手として登場した。花房が現れただけで、感嘆の声があがる。

「おおっ」

花房が舞い始めると、青い大海原ではなく、桜花の海が眼前に開けた。花盛りの景色は途切れることなく、うねり押し寄せ、春を詠《うた》う。

「これは、花の『青海波』とでも呼べばよいのか。なんという慰めよ」

ゆるやかに袖をさばきつつ、花房は帝の顔が歓びに輝くのをしっかりと見て取った。主上を取り巻く者すべてが待ち望んでいた、笑顔だった。

花房の胸のうちに、祈りの言葉が湧《わ》き上がってきた。

——主上の悲しみよ、春とともに、流れ去ってしまえ。

祈りは、大海原の波のように幾重にも湧き上がり、押し寄せてくる。

——定子さま、あなたを失った主上を、天から見守っていてください。

宴席に居並ぶ女房たちは皆、彰子の房の者だ。かつて定子の後宮にひしめいていた才色兼備の顔ぶれを思い描き、花房の切なさは増した。清少納言ら懐かしい人々は、定子の死とともに宮中を去り、帝を取り巻く花が入れ替わったのだと思い知らされる。

——まだうら若き彰子さま。どうかこれからは主上の寂しさを癒《い》やし、歓びの源となりますように。

そして花房の祈りは、伯父道長へと向けられた。

——いつだって眩《まぶ》しい伯父上。これからもあなたの輝きがいや増しますように。

祈りと花の幻が、幾重にも追いかける波と化し、観客たちの胸に迫った。

「ほう……。さすが光輝親王のご指南あっての舞いぶり」

「親王様の今度の恋の相手は、花房ですか」

上卿《しょうけい》たちは、ため息まじりに囁きあった。

その囁きを聞きつけた道長の表情が、急に険しくなる。

花房が子供のうちは屈託なく可愛がれたが、あまりに人目を惹《ひ》きすぎると、自慢の甥と喜んでばかりもいられなくなる。胸の奥を焦がす、理解できない感情が渦巻いてくる。

最愛の甥が、抱えきれない大輪の花と化した気がして、焦りがつのるのだ。

「……っ！」

左大臣の頬を、鋭い視線がかすめた。甥の隆家であった。

花房を追いかけつつも、隆家の眼差《まなざ》しには同時に道長への敵意と、かつてない自信が宿ってみえる。広い肩から立ち上る闘志は、敦康親王を武器に、道長から何もかも奪うつもりだと物語っていた。

――隆家め、敦康を簡単に握れると思うなよ。

隆家の闘志にあてられ、道長の裡《うち》でも敵意が膨らんでいった。

伯父と従兄が闘志の鍔迫り合いをしているとも気づかず、花房は『青海波』を舞い終えた。宴の席は祈りと花の気配に満たされ、居並ぶ者は幸福で輝いていた。

「中宮よ、心より礼を言う。今日、私のもとにも春が訪れた」

一条帝へ大いなる慰めを与えた彰子は中宮の面目を施し、功労者の舞い手と楽人は、帝と彰子の双方から褒美の品を与えられた。

大役を終えた花房へ、光輝親王も満足げな視線を投げかけ、宴を仕掛けた道長は喜色満面の様子だ。

「さすがだ花房。そなたを見込んでよかった！」

伯父の喜びは花房にも嬉しい。従妹《いとこ》の彰子と帝の距離を縮める手助けになれたのも、本当に嬉しい。しかし、花房の胸の奥には、言いしれぬ痛みも残っている。

今日の『青海波』は、彰子のためのみならず、存在を消された皇后定子への追悼の舞でもあった。

——宮さま、雲の上からご覧いただけましたか。

声には出せない花房の祈りは、拍手と笑顔で讃《たた》えられて終わった。

彰子の宴から二日後、花房と清音のふたりは、光輝親王のもとへ『青海波』指導の御礼《おんれい》に伺っていた。

気むずかし屋でうるさい宮中の知恵袋・藤原実資《さねすけ》は清音の大叔父だが、先日の『青海波』にはいたく感動したようで、花房へもそう伝えてほしいとのことだった。

「実資さまにお褒めいただくなんて、嬉しいね」

「そうだな。あまり人を褒めない方だから、よほどのことだ」

清音は照れくさげにつぶやくと、すぐに硬い表情となった。

「そういえば、花房そなた、光輝親王と賭けをして負けたそうだな」

「そ、それは……」

聞けば清音の乳母の妹が、光輝親王の館で女房づとめをしているという。

「親王様はお前に負けを払ってもらうと、手ぐすね引いて待っているらしい」

花房は牛車の中で押し黙った。名器の龍笛に惹かれて、親王と共に過ごす一晩を賭け、負けたのである。その時は、伊周と隆家の訪問のおかげで逃げおおせたものの、親王はうやむやにする気はないようだ。

「親王様のところの女房たちも、愉《たの》しみにしていると言うぞ」

「愉しみって、何を？」

「私に聞くな。でも賭けに負けたら、きちんと代償を払わないとな」

再び花房は押し黙り、従う賢盛もぷいとよそを向いた。

「揃《そろ》って来たか。先日は双方とも見事であった。指南役の私も、主上からお褒めにあずかり、鼻が高い」

花房と清音が親王を訪ねれば、彼は待ち構えていた風情で微笑んだ。

「清音、よくぞあそこまで舞を整えた。筋目正しく端正であった」

「ありがとうございます」

「そして、花房……」

深い声で呼びかけられ、花房はドキリと身を硬くした。

「初めて見たぞ、花の海の青海波。私が教えた海の旋律を、さらに上回った何かが感じられたが。はたして何を想って舞ったのか？」

「はい、祈りでございます」

「いかなる」

「はい、主上のお心が晴れ、中宮さまへのご寵愛《ちょうあい》が深まりますよう。そして、亡き皇后定子さまを悼んで……」

定子の名を聞き、親王と清音は弾かれたように花房を見た。

「そうか。そちの優しい祈りが、花の連なる海を生み出したか」

親王は螺鈿《らでん》細工の香合を取り出すと、花房と清音、ふたりの舞い手に下賜した。

「そなたらのために調《ととの》えた香だ。受け取るがいい」

ありがたく受け取った清音が訊《たず》ねる。

「して、香の名は」

「言わずとしれた『青海波』」

ふたりへの褒美にするために、前々から用意していたに違いない。洗練された気づかいを、花房はありがたく思った。子供さながらの無邪気さで衝動的に褒美を贈る道長には感じられない、垢抜《あかぬ》け方だ。

「時に花房、そなた忘れていることがあるまいか」

ギクリと、花房の全身が固まった。

光輝親王の声音が、今までの慈愛に満ちたものから打って変わって、からかいの色になっている。

「私は、真剣に愛用の笛を賭けたのだ。そなたも、それに見合うものを賭けたはずではなかったか」

「そ、それは……」

親王は笑いながら清音へ退室を促すと、花房へにじり寄った。

「まさかそなた、私が軽い気持ちで『銀糸鳥』を賭けたと侮《あなど》ってはいまいか。あれは祖父・村上院《むらかみいん》ゆかりの品。賭けに負けて譲る羽目になっても、そなたならばと思えばこそ」

「侮ってはおりませぬ。ただ、夜を共にするのだけはお許しください」

親王に迫られ、花房も必死で抗弁した。決して彼を侮ったわけではない。ただ、笛の音に心惹かれて、陰陽師からの誡《いまし》めを忘れてしまっただけなのだ。

「そなたは、それほどまでに宿命が怖いか。自分の心まで偽るか」

「心を……偽る？」

「恋をしてはいけないと、無理に心を抑えるとは、呆《あき》れ果てた頑《かたく》なさだ」

花房は返す言葉も見つからず、唇を噛んだ。

困り果てている花房の顎《あご》を、親王は優しく持ち上げた。

「そんな顔をするな。そなたを苦しめようとは思わぬ。ただし、賭けの負けだけは、違う形で払ってもらおう。無理な一夜よりも粋《すい》な形で……」

親王がひと声かけると、女房たちが嬌声《きょうせい》をあげて、部屋へ飛び込んできた。各々《おのおの》の手には、裳《も》や唐衣《からぎぬ》など色とりどりの女物の衣を持っている。

「花房、私のためにかりそめの姫君となってもらおう。賭けの負けはそれで許す」

「なっ、なんですって！」

女装をしろと迫られ、花房は青ざめた。

親王のみならず、押しかけた女房たちの目も爛々《らんらん》と輝いている。

「ご覧、鬘《かずら》も用意した。これで装えば、当代きっての美姫《びき》が誕生だ」

「ご冗談を！」

「いや、本気だ。桜の精が『青海波』を舞うのなら、桜の姫君とも語り合ってみたい」

再び親王ににじり寄られて、花房は悲鳴に似た声をあげた。

「女子の格好をすれば許されるとおっしゃいましても、今ここでは嫌でございます！」

親王づきの女房たちに無遠慮に剝かれて着替えをさせられては、女だと気づかれてしまう、と花房は恐れた。

彼女の必死の抵抗に、親王は薄笑いを浮かべた。

「ならばいつ、どこでならよいのか」

「日を改めて……我が家にて調えて参上いたします」

「まことか！　姫君の姿となって、私を訪ねてくれるのか」

賭けの清算の手立てが、それしかないと観念した花房へ、親王は艶然《えんぜん》と笑いかけた。

「逢《あ》い引《び》きの日時は、陰陽師に占ってもらって決めるがいい、桜の姫御よ」

生まれて初めて、女物の装束に袖を通さねばならない。

予想外の事態に追い込まれ、花房の胸の奥では大波がうねっていた。

「泣くな、花房。その程度の余興で済めば、万々歳だ」

親王から渡された幾枚もの袿《うちぎ》を床に広げ、花房は泣きこそしないが、ぼうっと考えあぐねていた。袿は織りも染めも極上で、萌黄《もえぎ》の錦《にしき》に銀糸で小桜模様の刺繍《ししゅう》を入れた唐衣は、しなやかな艶《つや》を放っている。

「余興でも、親王さまは手を抜かないんだね」

文句のつけようもない衣々《きぬぎぬ》を揃えられても、花房には実感がなかった。女物の装束は遠くから鑑賞するものであり、自らが袖を通すなど夢にも思わないよう育てられたのだ。

「これを着ろと言われても」

「着るしかないんだよ、花房。女のなりして、親王様の冗談に、ちょっとの時間付き合ってやれば、それで事足りるんだから」

乳兄弟の割り切った言が、花房の耳には痛い。

「それで親王様は満足してくださるのだろうか。私がこれを着ても、似合いそうもない」

「そんなことない！　着ればどこの姫君よりりきれいなんだって。だから着ろ」

女性に生まれた身をひたすら隠すように育てられてきたのだ。嫋 々《じょうじょう》たる気配を殺し、凜《りん》と立てと躾《しつ》けられてきたというのに、かりそめとはいえ女性の姿に戻れとは、いかに貴人の余興といえども素直には受け入れられない。

「こんな羽目に陥るのならば、あの龍笛を賭けて双六などしなければよかった」

後悔しても時すでに遅しだが、賢盛は責めなかった。

「花房は、純平《すみひら》様の笛を聴いて育ったんだ。月光の宮が愛用する名器の音を聴かされて、正気を失ったとしても、仕方がない」

今にして思えば、名器『銀糸鳥』の音を花房に敢《あ》えて聴かせて、親王は負けるはずのない賭けへと持ち込んだのであろう。

「でも、私が女装束を着て、どうやって姫君のふりができる?」

「馬鹿か。花房は、とびきりの貴婦人を子供の頃から見て育ってるじゃないか」

賢盛は、すっかり自信を失っている花房に思い出させた。

幼い花房を、実子の一条帝のかわりに、しきりと可愛がってきた東三条院《ひがしさんじょういん》・詮子《せんし》。

明るい機知をぶつけてはからかって、別れの際まで寵愛してみせた定子。

そして、出会った時から今まで、夫・道長が甥へ与える偏愛をそっくり引き受けて、なにくれとなく心を砕いてくれる倫子《りんし》。

三人の立ち勝《まさ》った女性がことさらに愛して育てた花房には、いくつもの大輪の花の気配が染みこんでいた。

「お三方を見たとおりに、振る舞えばいいんだ、花房。威厳は女院様、華麗さは皇后定子様、そして奥ゆかしさと温かさは倫子様」

賢盛が三人の貴婦人の名をあげるだけで、花房は今までは何も気づかずに、百花庭園の中心で育てられたのだと知った。

「私は……お三方の美しさをなぞればいいのだね」

「そうだよ、花房。あの『青海波』を舞ったお前だ、絶対にできる」

難曲『青海波』を舞う際には、光輝親王が奥義《おうぎ》をいともやすやすと教えてくれた。そして女装の奇異に際しては、今まで当たり前に甘受してきた貴婦人たちとの触れあいが、花房に美姫《びき》とは何たるかを教えてくれる。

――私は、あの方たちを見習って、実は最高の姫になる訓練も受けていたのだ！

それはかなうはずもない幻想だった。気高さと華麗さと包容力、その魅力を三人三様に教わっていても、花房には再現する場など与えられない。

――でも、お三方のおかげで、真の姫君とはいかなるものかを、私は知っている。

花房の不安は溶けて消えた。

見たこともない海を再現する『青海波』に比べれば、見知った人の真似《まね》は簡単だ。その昔は、乳母の衣をまとって、三人の真似っこをしていたではないか。あの日の遊びを再現すればよいと気づけば、愉快になってくる。

「行くぞ、賢盛。親王さまを驚かせてあげよう」

「そうだ、花房。今度はこっちが驚かせる番だ」


車に牛をつないでおくように、との命を北の方づきの女房から受けた雑色《ぞうしき》は、従者や牛飼い童が不要と言われて、首を傾《かし》げる。

「これは、誰がお乗りになるってんだ？　どこのどいつが、運ぼうってんだい」

倫子づきの女房は、雑色の問いを無言で封じると、俗謡を口ずさみながら、さもおかしげに館の奥へと去っていった。

「ひとつ刺しては　ひたすらに
ふたつ刺しては　深情け……」

しばらくして夜のとばりがおりると、女仕立ての牛車が土御門邸から出ていった。牛車を操るのは、陰陽寮の学生・武春である。

遠くから見守る雑色は、「ははあ、さては」と手を打った。


扇で顔を隠した姫君が到着したと聞いて、光輝親王と付き随《したが》う者たちは歓声をあげた。

「親王さま、いよいよお越しに」

「待ってはいられぬ」

わざわざ車宿まで迎えに出てきた親王に見つめられ、花房は扇に隠した面を赤くした。

「桜の姫よ、まさかそなたが訪ねてくる折に、じっと待っていろとでも」

「…………」

「奥ゆかしい方だ。それもまた興なり」

親王は花房へ手を貸すと、館の奥へと案内した。高貴な宝玉を大切に運ぶように、しずしずと歩を進める。

「そなたが待ち遠しくて、昨夜《ゆうべ》は一睡もできずにいた。

世にも名高き桜の花の、咲き誇りし房唐衣、
一夜限りの逢瀬《おうせ》を待てば、春の盛りはここに極むる」

親王が即興で詠んだ戯《ざ》れ歌《うた》は、この秘密を知らぬ者には、単なる俗謡に聞こえる。

だが、唐衣に包まれた花房には、耳から火を吹くほどの恥ずかしさだ。

──気圧《けお》されてはいけない。この場では、気高い女人お三方を写した化身でなければ。

ついっと頭を上げた花房に、親王はため息をこぼす。

「それでこそ、桜の姫君。自ら迎えた甲斐《かい》があるもの」

ふたりきりの宴の席で、上席へ案内された花房は、親王の甘く濡《ぬ》れた瞳《ひとみ》を避けようと、

扇で視界を塞《ふさ》いだ。女人の装束は、いざ着てみれば、重いけれども紐《ひも》だけでまとめ上げた無防備さゆえに、そわそわと裾《すそ》が気になる。

「安心めされよ、姫君。そなたを愛《め》でるだけで、我らが至福。なればこそ、今宵《こよい》一夜の慰めに、扇を取って見せてはくれまいか」

親王に乞《こ》われ、花房は女性が顔をさらす怖さをまじまじと感じた。深窓の婦人たちは、親族以外の前では、必ず顔を隠す。それは色恋の対象として値踏みされないように、との嗜《たしな》みである。

いつもは男子として平然と顔をさらす花房であったが、いざ女の身なりに還《かえ》ってみれば、なるほど花や美術品に対するのと同じ審美眼で、上から下まで眺められるとは、おそろしい限りであった。そんな視線に屈するなど、屈辱としか思えない。しかし……。

——私は、どんななりをしていても私でしかない！　私は誰の愛玩物《あいがんぶつ》でもない。

その瞬間、花房のうちへ三人の女性の煌めく姿が滑り込んできた。

威厳溢れる女院の詮子、軽やかに華やいだ亡き定子、そして道長を支えるしとやかな倫子——。三人の女性から愛されてきた今現在が、自信となり艶と化し、花房は親王たちの無遠慮な視線を撥《は》ねのけた。

「親王さま、私は賭けに負けたがゆえに、この場へ臨んだのではございません」

花房の紅い唇から、澄んだ声が出た。凛と高い声が艶めけば、これからいかに嬲《なぶ》ってや

ろうかと手ぐすねを引いていた親王は、戯れの気配を退《しりぞ》かせた。

「確かに、親王さまとの賭けには負けました。しかし、あなたはおっしゃった。最愛の笛をお賭けになったのだと。ならば私も、あなた様の誠意にきっちりお応えしましょう。桜の花が化けた姫御になれと言われれば、私はそれこのように」

「うむ、それでこそ」

親王は、花房へ膝を屈してみせた。

「……っ！」

居並ぶ誰もが、息をつめて見つめた。

「桜の姫君が我が館へ、御自ら足をお運びくださるとはありがたい。今宵はあなたが宴の主役。どうぞ、ごゆるりと遊んでいってくださいませ」

光輝親王は賭けの勝者ではなく、賓客を迎える宴の主人へと変じると、一切の驕《おご》りを捨てた態度で迎え入れた。そのやりとりすらも、思い描いた一幅の画《え》であるかのように。

花房が首座につくと、宴はとてつもなく滑らかに始まった。

桜色の濃淡で花盛りの深山《みやま》を表現した室礼《しつらい》に、会話を邪魔せぬ穏やかな曲だけを奏でる楽人たち。運び込まれる菓子と酒肴の珍しさ。部屋の四方で焚《た》かれる香は、春の芽吹きを想起させる薫風に、花の甘さをひそませたもの。

居並ぶ女房、侍童の装束も桜の色目で統一されてはいたが、花房の衣を引き立てるために、敢えて一段、鮮やかさを抑えている。

　──なんというお心ばえの遊び方！

花房は、ただひたすらに〝もてなす人〟と化した親王を、扇を外して見やった。

濡れた瞳とかちあって、花房がさっと視線を外せば、親王は照れくさそうに庭を見る。

「姫御よ、あなたと共に過ごす、ただそれだけで私は嬉しいのです」

「なんですって？」

「側にいるだけで幸福な、無駄な言葉も駆け引きもいらぬ、こんな逢瀬があるなんて」

親王は、女性の衣に身を包んだ花房を、しげしげと見上げた。

「今はただ、我が庭の花を眺めてくださるだけで、この胸はいっぱいになってしまう」

親王の言葉は、恋の口舌ではなかった。真実しか告げていないと、花房の肌に伝わってくるものがある。宮廷人の恋愛遊戯とはほど遠い、澄みきった想いであった。

　──今まで親王さまを誤解していた。戯れの恋ではなく、やはり本気で……。

花房へ伝わった想いを、親王は追いかけて重ねようとはしなかった。

「戯れに恋を貪《むさぼ》った頃もありました。しかし、まことの恋を知れば人は変わる。今の私はほんの刹那《せつな》、幻の姫と庭を眺めるだけで満ち足りているのです」

　風が渡り、庭の花々を揺らした。

「もしも女子に生まれたら、最高の〝后《きさき》がね〟になるだろう、ひとりの蔵人がおりました。しかし、運命とは残酷なもの。その蔵人が女性であれば、主上はもとより親王、公卿《くぎょう》が我先にと争う因業。ゆえに天は、その蔵人を男にしてしまった……」

遠い世界の物語を語る口調で、親王は花房にまつわる因縁を解《ほど》いていく。

「……天が禁じた恋物語を、敢えて語ろうと思うのは罪でしょうか」

「それは、あの……」

「あわれ蔵人が、恋とは無縁の清らかな身で生きるのならば、幻を現《うつつ》に描くこの泡沫《うたかた》に私はすべてを懸けたい」

親王は、花びらひとつ傷つけまいとする手つきで、花房の手を包んだ。

「この抱擁で、私の夢はかないました」

掌の中のぬくもりをしみじみと味わう親王に、花房は震えるほどの恐れを感じた。人を恋い慕う気持ちが高まれば、鋼《はがね》の刃《やいば》にも等しい鋭さまで煉《ね》り上げられる。握る指先が穏やかなだけに、かえって内面に滾る想いの激しさが伝わってきた。

「この満ち足りた時を大切にしたい。だから姫君、もうお帰りください。あなたとの逢瀬は、私にとって生涯の宝です」

そう言うが早いか、親王は花房を誘うと、手を取って車宿まで導いていった。

牛車に花房がおさまると、光輝親王は静かに囁いた。

「姫君、男の純なる想いを侮ってはいけません。あなたのために国を傾けようという男は、私のほかにもおります。本当に罪つくりな方だ」

名残《なごり》を惜しみながらも、親王は花房を手放し、車を出させた。

「……とんでもない方を引き寄せたな」

牛車の中で黙りこくった花房へ、賢盛は遠慮がちに声をかけた。

生まれて初めて女ものの装束に身を包んだ花房は、今まで押し殺していた手弱女《たおやめ》ぶりが一気に花開き、兄弟として育った賢盛ですら、胸の鼓動が速くなる。

その動揺を、賢盛は慌てて隠すと、陽気を取り繕った。

「お前の女装に、親王様の遊び心も満足して、明日からはいつもの冗談で済むさ」

「戯れではなかった。今までは、あの方一流の戯れ言《ざれごと》だと思ってきたけれど」

宮中にひしめく恋のあらかたは、浮き足だったものである。美女や才媛《さいえん》を射落としたと誇りたい男と、価値ある男に見初《みそ》められたとおのれを誇る女が、恋を糧《かて》に自慢しあう合戦にも似ている。火花は散れども実がない。

しかし、光輝親王はすべてを捨て去った態度で、花房へひれ伏してきた。

表だっての権勢こそ持たぬが、血統に美貌《びぼう》と才能、さらには人望までと天つ恵みを一身に受けた親王が、女性の装束に身を包んだ花房へ、膝を屈して情を捧《ささ》げた。わずかな時にすべてを懸けて、親王は幻の恋を描ききったのである。

――戯れ言ではなかった。だから、今まで以上に怖い……。

花房の心は揺れる。思い出しただけで、全身が震えた。

「お前、本当に大変だな。男が女装していると思うから、親王様だって遊びを極めて返してくれたけど、女だって知れたら、それこそ閨《ねや》に連れ込まれてガバーッと」

「言うな、賢盛。万が一にもそんなことになったら……」

花房も賢盛も、その先を想像するだに、何も語れなくなった。

道長に敵対していなければ、ひたすらに憧《あこが》れの対象となる親王だというのに、その気持ちさえ封じて、駆け引きをしなければならない。

――眩《まばゆ》い方だけに、私は辛《つら》い。

恋ではないが、親王へ惹かれる想いに歯止めがかけられない。


館へ帰った花房は、自室で女物の装束を解き、狩衣《かりぎぬ》姿でやっとくつろぎを得ていた。女の装束は重い。今さらにして、女として育てられなくてよかったと思う。屋敷の奥へ閉じ込められて、馬にも乗れぬ生活など考えられなかった。

「花房さま、月光の宮さまは喜んでくださいましたか」

乳母の問いかけに、花房は小さく笑ってみせた。

「浮気者だという噂はさておき、実際は素晴らしい方だと、改めてわかったよ」

「そうでございましたか」

菜花の局は、じわりと湧《わ》いた涙を袖に吸い取らせた。

「本来ならば、花房さまが月光の宮さまへ嫁いでもおかしくないものを」

「馬鹿を言うな、乳母や。あの方は宮中の誰よりも……」

言いさした花房の言葉を遮り、騒音が押しかけてきた。

「おい、花房っ！　お前、いつの間に、女子と深間《ふかま》になったか？」

声の主は疑うまでもない、館の主人・道長である。

「乳母や、伯父上が来る。なんか誤解してる気がするのは気のせい？」

「間違いなく、とんでもない誤解をしていらっしゃいますよ」

花房が乳母親子と膝を正して迎え入れると、喜色満面の道長が押し入ってきた。

「花房、そなた私に内緒で、女子をここへ引き入れたそうではないか」

「は？　何のことでしょうか」

「倫子殿に頼んで、車を出したであろう。相手はどこぞの姫か、あるいは女房か」

「………」

道長は、花房たちの予想どおりに、とんでもない誤解をしているようである。

花房が倫子へ女仕立ての車を貸してもらったのは、光輝親王の〝おふざけ〟に付き合うためとの言い訳を、彼女が快くゆるしてくれたからだ。もっとも出立の前に、倫子と女房たちが大挙して花房の女装を眺め、嬌声をあげたのだが。

ところが、事情を知らない道長は、花房が恋人の女性を引き込むために牛車を借りたと思い込んでいる。

「してその女子は、歳《とし》はいくつだ？　顔はどのような？」

応えに窮する花房のかわりに、賢盛が胸を張った。

「歳の頃は二十歳を少し超えたくらい。そのお姿は、花房に勝るとも劣らぬ花のごとし」

「ほほーっ、似合いのふたりではないか！　しかし、女の方から忍んでくるとは、解《げ》せぬ」

この時代、男性が女性のもとへ通うのが基本である。その逆は、よほどの場合でないとありえない。

「そなたに惚《ほ》れた女が、押しかけたのか？　あるいはよほどのワケありか？」

「……伯父上の、馬鹿っ」

無駄に浮かれる道長が、この時ばかりは花房を苛立《いらだ》たせた。

彼の依頼で光輝親王へ接近し、何度となく心を乱され、果ては女装までして彼のもとへ忍んで行ったのに、その次第も知らずに、道長ははしゃいでいるのだ。

「そう照れずともよいではないか。ついにお前が、女をつくったのだ。これが祝わずにいられるか」

「伯父上の、大馬鹿野郎っ！」

ついに花房は声を荒らげて、塗籠《ぬりごめ》の奥へと身を隠した。

――女の格好をしたのも、元をたどればあなたの命で親王さまに近づいたがゆえ。

幼い頃は自分を男と信じ、女の身と知ったあとも、花房には男として生きる道しかなかった。

初めてまとった袿に唐衣。借り物とはいえ長い髪の鬘を衣に流しかけ、これが女の身に生まれた本来の姿と知った時に、かつてないほど心は揺れ乱れた。傾国の星の下に生まれなければ、綺羅《きら》を幾重にもまとい、光輝親王のような貴顕《きけん》に愛されていたのだと思えば、今の自分の存在が不可思議でならない。

女でも男でもない、曖昧《あいまい》なままを生きる自分は誰なのか？

そんな花房の動揺を察するどころか、道長は初めて女性を招いたと勘違いし、「でかした」と笑い転げている。

――伯父上の、馬鹿馬鹿ばかーっ！

花房は言葉にしきれない怒りと動揺を、塗籠の奥で嚙み殺していたが、左大臣はのんきなもので、賢盛へ無神経な質問を投げかけていた。

「花房は、何を照れているんだ？　馬鹿と罵《のの》られたぞ」

「道長様……あれは、困っているのです。複雑な事情がありまして……」

「複雑な事情？」

「花房は、女とは一生縁がありませんから」

左大臣は、〝甥〟の秘密に気づかず、無邪気に不憫《ふびん》がった。

「ふられたのか、まだ子供のままなのか。まあ、それはそれでいい」

「……は？」

「碌《ろく》でもない女に引っかかったら、それはそれで窘《たしな》めてやろうかと思っていた」

「はあっ？　道長様、あんた花房に女ができたって喜んでいたんじゃ」

「女がいないのなら、それでいい」

道長は、おのれの言い分の矛盾に気づかぬまま、甥の部屋を出た。

花房は今まで同様、自分の手の内にいればそれでいいと満足した途端、頬がゆるむ。

おかしなくらいに愉快でもあった。

＊　＊　＊

訪れた花の名残が、そこここで薫っている気がした。

「まことに罪つくりなお人であるな」

光輝親王は、花房が女装束で現れた日の記憶を思い返しながら、返された衣の薫りを再び確かめた。

「不思議だ。桜の香りが立ち上っている」

花房が身につける〝反射の香〟は柑橘《かんきつ》花でつくられているが、その肌身の薫りを吸った衣には、甘く澄んだ桜が匂《にお》う。その薫りを嗅ぐと、頭の芯《しん》が痺《しび》れた。

「いとも不可解な事態ではあるが。それもまた一興」

親王は袿を侍童へ渡すと、客人を呼び入れた。

華やかな伽羅の薫りとともに、隆家が陽《ひ》に灼《や》けた貌《かお》をのぞかせる。

「月光の宮様、本日のお召しは、いかなる御用で」

「敦康の今後のために、そなたに一役買ってもらおうかと思い、算段した」

甥の敦康親王のためと言われ、隆家の貌は輝いた。これで兄ともどもの復帰計画は前進すると思ったのだ。ところが。

「隆家、そなたが敦康のためにできることは……」

親王の艶めいた唇から、残酷な言葉が滑らかに、まろび出た。

兵部卿は血の気を失ったが、親王は否やを許さなかった。

「そなたの働きいかんで、敦康は立つ」

青ざめた隆家が去ったあと、親王は再び、花房がまとった衣を取り寄せ、顔を埋《うず》めた。

「世の中に　たえて桜の　なかりせば

春の心は　のどけからまし」

親王の館をあとにした隆家は、自宅へ帰ることもできずに馬を駆っていたが、ついには夜も更け、気づけば土御門邸へと向かっていた。

思い切らねばと何度も自分を叱咤《しった》したが、出雲へ赴く際に、花房と衣を交わした夜の記憶が蘇る。

――あの顔、あの声。そして、なぜか貰った衣から薫る桜の香……。

かなわぬ恋だと言い聞かせれば、胸の奥がかきむしられる。

――陰陽師から恋を禁じられた花房に焦がれて。ましてや相手は男だ。

たとえ想いが通じても、行き止まりの恋だとわかっている。しかし、かなわないからこそ余計に求めてしまう。

――会いたい。会うだけでいい。側にいるだけで。

夜更けに、暗い面持ちで訪れた隆家を、賢盛は無愛想に出迎えた。

「今夜は生き霊か、それとも本物か？」

「生き霊が、お前に案内《あない》を請うか」

「それもそうだ」

眉根《まゆね》をきつく寄せた隆家を見上げ、賢盛はかぶりを振る。

「顔色が冴えないが、具合でも悪いのか」

「お前と会ったせいだろう」

隆家を屋敷奥へと案内した賢盛は、兵部卿が普段の傲慢《ごうまん》さと自信をからきし失っている気がしていた。

「花房とふたりきりで話がしたい」

「衣を交換するような、とんでもない真似をしなけりゃいいけどな」

「信用してくれ。ただ、大事な話をするだけだ」

隆家の大きな目が「頼む」と懇願していた。

「とりあえず信用してやるが。手え出したら、お前でも命はないと思え」

「お前に斬られるくらいなら、花房を攫《さら》って、太宰府《だざいふ》へ逃げる」

「なんだ、元気じゃないか。心配して損した」

悪態の応酬が済むと、隆家は花房の部屋へと通された。

灯火が揺らめく暗い室内であっても、隆家の消沈した様子が一目でわかる。

花房は駆け寄った。

「何か悪いことでも起きたのか、隆家？」

「悪いことと、めでたいことが、同時に起きた。今夜はその報告だ」

今や勢いは衰えたとはいえ、隆家は関白家の息子として誇り高く育てられている。何より嫌いなのは、人に弱みをさらすことだ。

花房は、従兄の誇り高さを気づかうと、賢盛へ下がるように頼んだ。

「ふたりきりで、月でも眺めようか。ね、隆家」

生き霊を飛ばして、毎晩のように花房へ取り憑く男とふたりきりにしてよいものか、と賢盛は案じたが、花房はきっぱりと言い渡した。

「隆家は、私を大事に想ってくれてる。だから心配しなくていい」

花房とふたりきりで月を仰ぎながら、隆家は深いため息をついた。

「出雲へ赴く前に貰ったお前の衣は、きちんと取ってある」

「ありがとう。私も大切にしているよ。隆家がくれた、大事な気持ちだから」

「そうか……。今夜は、俺がお前を攫いに来たとは思わないのか?」

花房は、純情が先走りがちな従兄の過去を思い出す。苦笑が漏れた。

「思い返せば、隆家はずっと私を大切に想ってくれてた。気づかない私が鈍感なだけで」

「そう、鈍感だな。そして俺は、ずっと馬鹿な恋をしている。生き霊まで飛ばしてな」

隆家は胸の奥から溢れくるものをこらえるように、頭を高く上げた。

「今日、月光の宮から結婚話を持ち込まれた。相手は藤原宣斉《のぶなり》の息女だ」

隆家が結婚すると聞いた途端に、花房は胸へ冷たい槍《やり》が打ち込まれた気がした。

「……そうか、おめでとう」

「そこは祝うところじゃない。俺が結婚するのは、敦康のためだ。俺が結婚すれば、宣斉の財で敦康を養っていける。つまりは俺が、身売りすればいいってだけの話で……」

敦康親王には実母もいなければ、その実家すら心許《こころもと》ない。彼が親王としての宮を形成するには、何より財力が足りなかった。一条帝は愛する我が子の窮乏を見かねて、国庫から特例の財を供出させたが、それにも限界があった。

「宣斉は受領《ずりょう》だ。舅《しゅうと》殿が、地方からの財で俺を支えれば、俺が敦康を親王として……」

「偉いよ、隆家。定子さまの御子を、支えるつもりなんだね」

「ああ、俺自身を売り払ってな！」

もとより直情径行の隆家は、人より感情が豊かだ。それが追い詰められた状況下で、幾重にも堰《せ》き止《と》められた想いを抱え、ついには激情も堰《せき》を越えた。

「出雲へ行く前に、俺の心はお前に捧げた。生涯一度の恋だと、何もかも捨てる覚悟で臨んで、捧げた以上、俺はもう空っぽなんだ……」

甥の敦康を親王として支えるために、隆家は意に染まぬ結婚を決めた。

そのはずなのに、隆家の胸で荒れ狂う想いは、花房に今一度の思い出を求めた。

「俺を憐《あわ》れに思って泣いてくれた、あの夜を、一日たりとて忘れてはいない」

「隆家……」

「今さら、俺のものになれとは言わない。ただ、もう一度だけ、お前のぬくもりをこの身に染みこませてくれ。俺が今度こそ、思い切れるように！」

隆家は、花房をがばと抱き寄せた。刹那の熱さが、生涯の記憶となるように、きつく。

「……あっ」

腕の中にいる花房の本来の姿が、隆家に伝わった。

しなやかな骨格。細い腰を抱けば、柔らかさが寄り添ってくる。

たとえ男の装束で隠していても、こうも密着すれば花房の正体は隠しようがなかった。

弾かれたように、隆家は花房を見た。ずっと従弟だと信じてきた〝彼〟が〝彼女〟だと気づいた時に、隆家の思い込みは一気に崩された。

「お前……女だったのか⁉」

花房は、絶対の秘密が露呈したと身を硬くした。

「嘘だろう……」

剛胆を画に描いた兵部卿は、月明かりの下で、次の言葉を探しあぐねていた。

第五帖　秘密の契り

抱き寄せた腕と、寄り添う身体《からだ》が、くっついたまま離れられずにいた。

隆家《たかいえ》は、今まで青ざめていた頬《ほお》に、血の色をのぼらせた。

一方の花房《はなふさ》は、透けるように白い面を蒼白《そうはく》に変えた。

「どうして、こんなことが。嘘《うそ》だと言え、花房……」

「あっ、あ……」

寄る辺なき甥《おい》のために、純愛を捨てて結婚を引き受けたばかりの兵部卿《ひょうぶきょう》は、応える言葉を失っている従妹《いとこ》の瞳《ひとみ》をのぞき込んだ。

花房は、一見粗暴な従兄《いとこ》が隠し持っている純情を知ってからは、憎からず思ってきた。

ひりつく想《おも》いは、抱く腕だけでも痛いほどに通じる。

——女だと知れたら、あとはどうなる？　陰陽師《おんみょうじ》たちが恐れていた事態に……。

怯《おび》えた花房の瞳に、腕に抱いた感触に、隆家は間違いがないと確信する。

「なぜお前は、今まで男として生きてきた？」

隆家が知る花房は、馬に乗り、蹴鞠《けまり》を楽しみ、木にも登る闊達《かったつ》な男子であり、屋敷《やしき》奥に匿《かく》われた姫君とはほど遠い暮らしを送ってきた。

だが、そう問われても、花房には答えようがない。陰陽師たちが「傾国の宿業を背負った子」と察知し、彼らの命じるまま男として生きるのを余儀なくされて、ただ従ってきたにすぎなかったのだ。

返答できない花房の細い肩をつかむと、隆家は揺さぶった。

「叔父上か！　道長《みちなが》叔父が、お前に男として生きろと言ったのか⁉」

道長の名を出された途端に、花房の全身を縛っていた呪縛《じゅばく》が解けた。

「……違う」

「俺がわかるように説明してみろ！　お前はなぜ……」

問い詰めようとする先に想いがこみ上げ、隆家はついに堪《こら》えていた涙をこぼした。

「お前が男だと思っていたから、俺は諦《あきら》めようと自分を追い込んで……好きでもない女との結婚を決めたというのに。今になって、どうしてだ？」

「ごめん、隆家。騙《だま》すつもりはなかった。ただこれがずっと、私の普通で……」

陽《ひ》に灼《や》けた従兄の頬に、幾筋もの涙がこぼれるのを、花房は見ていられなかった。

頬に伝う涙は、彼の心から流れる血なのだ。

「でも、伯父上は私が女だとは、少しも疑っていない。私を甥だと信じて、ずっと育ててくださった。これは陰陽師が私を生かすために……」

花房に言われ、隆家も気づく。宮廷貴族にとっては当たり前の、政治的な直感だ。

「お前が女だと知っていたら、叔父上が手駒《てごま》として使わないはずがないか」

知っていれば、定子《ていし》を追い落とすために花房を養女とし、何年も前に入内《じゅだい》させていただろう。あるいは東宮や次期候補となる親王のもとへ送り込んでいたかもしれない。

隆家は、花房の白い貌《かお》をもう一度眺めた。祖父兼家《かねいえ》の孫娘ならば、定子でなくとも、最高の〝后《きさき》がね〟として利用できる美貌《びぼう》と才気が目の前にある。

花房が姫君ならば、摂関家を後ろ盾につけたい親王や公卿《くぎょう》たちもまた、妻にしようと目の色を変える。その奪い合いで、花房が無事でいられるかは定かではなかった。

「だからなのか、陰陽師がお前を男として育てさせたのは」

「仕方がないよ。だって、私のせいで国が乱れて民が泣くと言われたら、父上たちは従うしかなくて。それで伯父上もお祖父様も騙して、今までずっと来たんだ」

花房は、おのが数奇な運命を恨む前に受け入れていた。男として育てられ生きればこそ得られる自由があり、世界は広がった。それには感謝すらしていた。

「ねえ、隆家。女のまま育てられたら、打毬《だきゅう》をやらせてもらえないんだよ」

打毬は、騎乗したまま毬《まり》を杖《つえ》で打つ遊びだ。男性でも乗馬の腕が確かでないと参加はできず、深窓の姫君が近寄るなどもってのほかの競技だった。その打毬を伯父の道長から指導され、成人した今の花房は、いっぱしの腕を見せるようになっていた。

「……あれが本当の姿か。確かに屋敷に閉じ込めておくなんぞ、無理な話だろうな」

花房の巧みな手綱《たづな》さばきを知る隆家は、従妹が男として生きることで、自由に飛べる羽を手に入れたのだと納得した。

「……それでも俺は、お前が悲しい。お前が傾国の定めを背負うのならば、俺はお前を連れて唐天竺《からてんじく》まで逃げてみせるものを」

そして隆家は、頰を流れる涙を、きっぱりとぬぐい去った。

「今宵《こよい》は、お前を思い切ろうとやってきた。だが、考えが変わった」

「……隆家？」

「お前の秘密は、生涯誰にも言わぬ。命にかえても。だから……」

抱きしめさせてくれ、と隆家は再び腕に力を込めた。

衣を通じても、従兄の熱さが伝わってくる。命にかえてもと誓った抱擁で、花房は再び彼の想いをその身に感じた。

「何も言うな。俺だけが抱えていく秘めた恋だ。生涯かなわぬのなら、守り抜く」

この荒々しい従兄の本性は、伯父の道長と驚くほど似ていると思う。誰かに頼られたいと願い、その相手を守るためには闘いを辞さない強さが滾《たぎ》っている。

甥の敦康《あつやす》を守《も》り立てるためだけに、財を持つ受領の娘と結婚し、花房への想いを誰にも告げぬまま抱えていくと決めた隆家の強さが、花房にもまた悲しかった。

　このまま隆家が力を盛り返せば、いずれは道長との対決が現実となる。その時、ふたりは一歩も退かずに、相手を食い殺すまで争うかもしれない。

「隆家、できれば伯父上とは、その……」

　おそるおそる切り出した花房へ、戦う男の貌に変わった隆家が即答した。

「仲よくできると思うのか？　敦康が利用できる間だけは、叔父上だって静観の構えだろう。だが、彰子《しょうし》が主上《うえ》の男御子を産めば、状況も一変する。そして何より怖いのは……」

　花房を、兵部卿はひたとのぞき込んだ。

「絶対に女と気づかれるな。お前の正体が知れたら、明日にでも主上か、他の親王へと嫁がされる。道長叔父は最高の武器を手に入れたと大喜びするだろうよ」

「まさか……」

「お前……うちの九条流《くじょうりゅう》が、どうやって生き延びてきたか、まだわかっていないのか？　東三条院《ひがしさんじょういん》様も、俺の姉上も、そして彰子も全員、内裏《だいり》へ送り込まれて利用されてきたんだ。それが外戚《がいせき》政治なんだよ」

　隆家は、おのが姉の定子が政争で負けるまでは、ただ恩恵を享受するだけで、外戚政治の仕組みに気づきもしなかった。しかし定子が内裏を追われ栄華を奪われた時に、このからくりと怖さに気づいたのである。

「まさか、伯父上がそんなこと……」

「当然するだろう！　彰子が嫁がされたのは、十二になったばかりだった」

年齢よりも小柄で、まだいたいけな従妹が入内した日の痛々しさを、花房も思い出す。

「お前だけは道具にされないよう、俺が守る。道長叔父は、お前をどんなに可愛《かわい》がっていても、いざとなればいいように使うだろう」

「なぜ？」

「それが政治の世界だ。だからこそ叔父上は、勝ってこられたのだ」

隆家は恋する男へ立ち返ると、腕の中の花房の何もかもを自らへ写すように黙りこんだ。

桜の薫りと伽羅《きゃら》の芳香が混じり合い、無言の刻《とき》へと溶けた。


「解《げ》せぬ……」

道長は目を通し終わった書類の束を部下へ渡すと、イライラと部屋をうろついた。

花房が謎《なぞ》の女性を邸内へ引き込んだらしいが、その詳細が一切わからない。まず、その女性へ送迎の牛車を貸したとおぼしき妻の倫子《りんし》も、「言わぬが花と申しましょう」と言葉を濁して逃げてしまった。

「おそらく、何かがあるに違いない」

道長は従者へ、花房周辺の人の出入りを見張るように命じた。これまで奥手だと思ってきた花房に恋仲の女性ができたと想像すれば、嬉《うれ》しい反面、不安も生じる。いかなる女性が接近しているか、と心配でたまらなくなってきたのだ。

現在、売り出し中の蔵人《くろうど》である花房へ、色目を使う女性は多い。

――スレまくった宮中の女房に言い寄られたら、花房など赤子も同然……。

道長は、勃然《ぼつぜん》と生まれた妄想《いと》を振り払うべく、頭を打ち振った。

生まれる前から珠玉として愛おしんできた花房が、恋愛遊戯に慣れた女の餌食《えじき》になるなど想像したくもなかったのだ。難攻不落の花房が落ちたら最後、手に入れた女性は、あちこちに触れ回り、情報は拡散するだろう。それが宮廷人というものだ。

その時、部屋を訪れた従者が、こわごわと告げた。

「兵部卿が……忍んで参りました」

道長は即座に立ち上がる。

「まさか隆家、おのれの妹を花房へ縁づけようと画策しているのか！」

左大臣の脳裏をよぎったのは、隆家の妹である御匣殿《みくしげどの》の名だった。

ただ抱き合うだけの刻がつづいていた。

互いの体温を感じあう静けさの中、隆家の衣から薫る伽羅は想《おも》いの丈《たけ》を詠《うた》う。

「お前が男でもかまわないと、幾晩身もだえして過ごしたと思う?」

「……ごめん、わからない」

「数え切れないほどだ。でも女とわかれば楽にもなり、余計に苦しいが……不思議と心が定まった。俺の胸の奥の院には、やはりお前しか棲《す》まわせられない」

結婚を決めた男の決断としては、はなはだ不実とも思えたが、花房は従兄の心根もわかる気がした。

それは昔、伯父の道長が、姉から押しつけられた二番目の妻・明子《あきこ》を娶《めと》る時に聞いた嘆きと同じ声色だったせいだ。

——女に生まれれば家の道具とされ、男もまた家のために意に染まぬ結婚をする。

貴族というのは不自由なものだ、と花房は疲れ切った様子の従兄の頬を撫《な》でた。すでに隆家の涙は消え、満たされた笑みも浮かんでいる。かなわぬ恋ではあっても、彼は生涯の宝として、この抱擁の記憶を全身に染みこませている最中なのだ。

「隆家。できたらさ、奥様には優しくしてあげて」

「確証はできぬ。でも、お前が言うなら、そう振る舞おう」

「できるよ、隆家なら」

さみしげに笑って、いっそう抱く手に力をこめる従兄を、花房は心底憐れに思う。

名門の九条流に生まれ、権力の頂点を目指すよう育てられた男は、花房同様、宿命のまま生きるしかないのだ。叔父と争い、純情を捨てるほかに道がなくとも。

「ねえ、隆家。ギチギチに抱きしめられると、苦しいのだけど……」

「こうして抱きしめていることが、俺には生涯かけての〝契り〟だ」

根は優しいのに不器用なのだ。子供じみた態度でしか恋を告げられない男を従兄にもったのも何かの因果か、と花房はため息をついた。

隆家は自らの烏帽子《えぼし》を取り捨てた。そして、花房の烏帽子も外して、床へと滑らせた。

人前で烏帽子を外すのは、下着を取り払うのと等しい行為である。寝所において、烏帽子を捨てたふたりが抱き合えば、それは肌身を交わすに相当した。

「お前が髪を長く垂らしたら、どれほど美しくなるのだろう」

花房の結い上げた髪を撫で、隆家は唇を噛《か》んだ。

「それも見果てぬ夢だがな」

ひとかけらの怖さもない。この穏やかなぬくもりが、花房には嬉しかった。

小さな頃から不器用で、まっすぐすぎて、ぶっきらぼうな彼を理解できずにすれ違ってきた。彼の気持ちがわからないまま、幾年を過ごしてきたのだろう。

「たとえ何があろうとも、生涯、俺の心は変わらぬ。最初で最後の相手がお前だ」

「ありがとう。私なんかのために……でも、駄目なものは駄目」

花房と隆家は、息を詰めて見つめあった。

もしもその昔、隆家が家の格などを取り払って近寄ってくれれば、ふたりは仲よくなって思い出を紡げたに違いない、と花房は思う。暴れん坊の従兄を兄と慕い――。

「ふざけるな、そこをどけ！」

怒髪天をつく声をあげて、道長が部屋へと押し入ってきた。

「道長様、ちょっと待って」

「待てるか、花房にとんでもない女をあてがいおって！　そんな縁組み、絶対に許さん」

賢盛《かたもり》が必死で止める間もなく、道長はふたりの現場へ踏み込んできた。

そして花房と隆家が、互いに固く抱き合っている姿を目撃した。

「………！」

道長が固まる。それは想像していた場面とは、まるで違っていたためだ。

彼が思い描いていたのは、隆家が妹を花房へ紹介し、既成事実をつくって結婚を承諾させる、花房乗っ取りの図だ。ところが目の前に展開する現実は、烏帽子を取り払ったふたりが固く抱き合う姿だ。

「お前ら、何をしている！」

轟《とどろ》く雷鳴のごとく怒声を発した道長に、花房も固まってしまった。

――何もしておりません。何もしていないからこそ、貴《とうと》い時で……。

今にも隆家へつかみかかろうとした道長を、賢盛が羽交い締めにした。

「俺がすぐ側《そば》にいて、何かあるはずないでしょう。道長様、冷静に、冷静に！」

「お前も信用できぬ。さては館《やかた》ぐるみで、よからぬことを企《たくら》んでいるのだろう！」

疑心暗鬼にとらわれた道長へ、花房を庇《かば》いつつ立ち上がった隆家は、深みを増した声で告げた。

「ご覧のとおりです。私は花房と、今さっきまで契っておりました……」

「なんだとっ」

烏帽子を取り払った姿で抱き合っていれば、いかに誤解をされても言い訳は利かない。その上に重ねて、隆家は「契った」などと断言してしまった。

「ち、違います……」

花房が消え入りそうな声で否定しても、怒りに燃えた道長には油を注ぐ結果となった。

「やはりお前らは、そんな仲だったのか！」

「いかにも」

売られた喧嘩《けんか》を過剰に買う隆家は、傲然《ごうぜん》と叔父を見下ろした。

「叔父上は花房の何をご存じです？　可愛い〝甥〟の何を」

「ぬかすか、小僧！」

「あなたに花房は護《まも》り切れないでしょう。現に今だって、いいように利用しているだけだ。光輝親王《みつてるしんのう》へ近づけるなど、あぶない真似《まね》をさせて」

「即刻、ここから立ち去れ！」

道長をこれ以上怒らせたら、刀を持ち出しかねない。花房と賢盛が顔色をなくしていると、兵部卿は忌々《いまいま》しげに烏帽子を拾い上げた。

「ここを血の海にしたら、泣くのは花房だ。そんな真似はできない」

かつて道長の随身を部下に斬《き》らせて平然としていた武官は、あっさりと館を去っていった。彼なりのやり方で、花房を護ろうと振る舞ったのだ。

しかし、振り上げた拳《こぶし》のやりどころがない道長は、憤懣《ふんまん》やるかたない目で、花房をねめつけた。

「隆家と一緒になって、どこまで私を裏切った？」

「裏切ってなどおりません。私はずっと伯父上に忠実で……」

「何を言う。この私が授けた烏帽子を、他の男の前で……」

元服の加冠の儀の折に、童子は初めて角髪《みずら》をほどいて、髻《たぶさ》を結う。その姿は親しい者にしか見せられぬ恥ずべきものであり、それを知ればこそ烏帽子親は、成人する少年を格別に愛おしむ。道長が花房へ寄せる愛と独占欲は、烏帽子を授けた意味と相まって複雑だった。ましてや赤子の頃から慈しんできた甥である。

「おのれは明日から、出仕を停止させる！　館で謹慎するがいいっ」

花房は、言い訳ひとつ許さぬ伯父の命じるままに、頭《こうべ》を垂れた。

——伯父上、私は裏切ってはおりません。

花房は、きりりと面《おもて》を上げた。その面に涙がつたう。

隆家の愛情を知りつつも、花房の胸の奥には、道長という最も大切な人がいる。その忠誠を疑われたことが何よりも辛《つら》い。

もしも、道長が振り返って見れば、無言で涙をこぼす花房の本心はすぐにでも知れただろうに、怒りに乗っ取られた左大臣は、足音荒く去っていった。

嵐の去った静けさに、花房は従兄に抱きしめられた刻を悔いた。

——どうして私は、いつも揺れてしまうのだろう。

隠しつづけた秘密が、花房の心を乱していた。

＊　＊　＊

はじける笑い声が、今日も館を満たしている。

夏の名残《なごり》が色濃い庭を愛《め》でながら、光輝親王は尽きぬ昔話を語る才女を見やった。

「ええ、あの頃の宮さまときたら、それはもう……」

彼女が誇らしく語れば、親王もまた嬉しくなる。

「なるほど。定子殿は、たいそう悪戯《いたずら》っぽい方だったのですね」

「あの頃の内裏は、毎日が笑いに満ちていて」

「主上も中宮様も、どれほど愉《たの》しかったことだろう。私も参加したかった」

秋の風を感じつつ、笑みをほのかにたたえ、光輝親王は身内として迎えた清少《せいしょう》納言《なごん》に、極上の紙の束を渡した。

「その随筆、書きつづけるがいい。そなたと定子殿の煌《きら》めく日々を」

「ありがとうございます」

「礼には及ばぬ。そなたのおかげで、私は退屈知らずで過ごせる」

定子亡きあと、里へ下がっていた清少納言を、光輝親王は自邸へ引き込んだ。一室と禄《ろく》を与えてからは、毎日が刺激に満ちている。

漢詩や故実に通じる清少納言だが、最も熱心に語るのは亡き定子の逸話である。その語り口の妙には、粋人の親王も聞《き》き惚《ほ》れる。いつしか同調し、憧憬《しょうけい》が増してゆく。

その昔、定子の噂《うわさ》に惚れ込んで求婚をしたが、見事に断られて会えずじまいだった。しかし、清少納言の語りを聞けば、今も彼女が生きているかのごとく、親王はありし日の恋心をかき立てられる。

「あなたは不思議な方だ。どういうことだろう、日ごとに定子殿への想いがつのる。もう一度、恋に落ちた気がする」

「……ほほ、私の中で宮さまは生きておいでですもの。親王さまも当然に」

「では、新たに恋をしてもおかしくはないのか」

親王は月を見上げると、白皙《はくせき》に蒼白《あおじろ》い光を宿らせた。

「亡き定子殿のためにも、敦康を東宮にしなければいけないな」

清少納言は、応えるかわりに扇で紅《あか》い唇を隠した。

その場へ、幾人もの客人が新たに加わった。定子の兄弟・伊周《これちか》と隆家、そして姻戚《いんせき》の高階《たかしな》家四兄弟である。さらには上卿《しょうけい》の数人も顔を揃《そろ》えた。いずれも反道長の心を持つ面々であった。彼らは、光輝親王が亡き定子への恋心をつのらせた結果、敦康親王へ肩入れする流れになってきたと、ほくそ笑んでいた。

定子の幻への恋に酔っている親王へ、上卿のひとりが問いかけた。

「宮様は、例の花房とのお遊びは、もうお飽きになりましたか」

「いや、それはまた別の話。牡丹《ぼたん》の花を眺めるのと、桜を愛でるのとでは、仕儀もいろいろ違うのでね」

「これはまた粋《すい》な……」

「桜を力任せに手折《たお》っては、花が傷つく。我が手に自ら落ちてくるまで、待つがよし」

伊周をはじめとする参加者はどっと笑ったが、隆家だけは奥歯をぎりりと噛みしめた。

花房の正体が親王に知れれば、おもちゃとされるか道具になるか、どちらにしても事態は悪い方へしか転がらない。

「おや、隆家は顔色が悪いな。初めての妻も決まったというのに、もう飽いたか」

花房へ寄せる隆家の想いを知った上で、縁談を持ちかけ、果ては揶揄《やゆ》する。

隆家は握る拳《こぶし》に力をこめた。

「私に女性《にょしょう》の心は不可解です。妻よりも駿馬《しゅんめ》を賜った方が、気が楽でした」

「馬鹿《ばか》を申すな、隆家！」

高階家の伯父連中が一斉に声をあげる。

「馬が自ら財を運んでくるか？　そなたの妻こそ、敦康へ財を流してくれる〝倉〟ぞ」

「そう思えば、毎日でも通えるであろう」

品のない笑い声をあげる伯父たちから顔を背け、兵部卿は啖呵《たんか》をきった。

「ならば、今日明日で食いつぶしても、誰も文句は言いますまい」

実直な隆家には、あるまじき言いぐさであった。

親王は薄い唇をほころばせ、再び月光を見上げた。

「ひとたび交わした衣が縁で、鬼ともなるか兵部卿。罪つくりしこそ桜の花か」

形相《ぎょうそう》を変えた隆家を、兄の伊周は慌てて制した。

「宮、隆家が妻へ通うは、すべて敦康親王のため。まずはそちらの算段から」

「ふむ、甥大切で身を売った隆家は、見上げたものだ。あとはどのように」

居並ぶ上卿らが、ニヤリと笑った。

「次の朝議では、道長の鼻をあかしてやりましょう」

「よききっかけで」

月の光を杯に受けると、親王は一息に飲み干した。

「座組みは決まった。なれば私は主上とお会いして、お心を定めてもらうとしよう」

第六帖　新たな敵

一条帝《いちじょうてい》と亡き定子《ていし》とのあいだには、敦康親王《あつやすしんのう》の他《ほか》に、姉の修子《しゅうし》内親王、妹の媄子《びし》内親王と、合わせて三人の子がいる。この同母三姉弟以外には、今のところ一条帝の子は生まれてはいない。そのため、他家から嫁いだ后《きさき》に対し、道長《みちなが》ら九条流藤原《くじょうりゅうふじわら》家は一歩先んじる形で、政権を主張できた。

皇統へ娘を武器にして食い込み、天皇すら道具として扱うのが外戚《がいせき》政治の骨格である。孫や甥《おい》として生まれた帝《みかど》の子に対し、尊属の側には、親族としての情愛よりも、「うまく利用できる道具なのか」という値踏みが先行する。

左大臣・道長は、大叔父というやや縁遠い関係ながらも、孫同然に扱える敦康親王の周囲が、皇后・定子の死後ほどなく、きな臭くなったのを感じて、決断に踏み切った。

敦康親王を、娘・彰子《しょうし》の内裏《だいり》へ引き取り、彼女を養い親として立てたのだ。

「伊周《これちか》や隆家《たかいえ》が、好き勝手に出入りできるところへ、これ以上、留め置けぬ」

娘・彰子の内裏へ敦康を入れれば、すべてが監視下におさまると踏んでの行動であり、また一条帝も、道長の潤沢な財力で愛息が育てられるのであれば、と苦渋の選択をしたのだった。

敦康親王は宮家を設立しても、零落の気配がとどまらぬ伊周・隆家たち母方の実家である。その窮乏を今を時めく左大臣家が支えると申し出たからには、断れなかった。

「幼い彰子には荷がかちすぎるが、それもわずかな辛抱だろう」

蔵人頭《くろうどのとう》・藤原行成《ゆきなり》が、一条帝を日ごと責め立てる勢いで説得し、どうにか成立した敦康親王の親権移行である。これには宮中の反感も、人知れぬところで渦巻いたが、道長は双六《すごろく》勝負の駒《こま》を、光輝《みつてる》親王から奪い取った気で満足していた。

――ここから獲《と》り返せるか、月光《げっこう》の宮《みや》。そして隆家！

隆家を通じて、光輝親王の側へ取り込まれかけていた花房《はなふさ》も、邸内に閉じ込めて出仕を封じている。

――敦康さえ手に入れれば、あとは彰子が時を待つ勝負。負けるわけがない。

清涼殿への出仕を道長に止められて、花房は土御門《つちみかど》邸の奥で、くすぶりつづけていた。表向きは病欠を申し出ているため、外出もできない。また、邸内には多くの貴族官人たちが出入りしているため、早朝の馬場で騎乗する以外は、ひっそりと身を隠していなければならなかった。

「ねえ賢盛《かたもり》、こんな生活、人権侵害だと思わないか」

「そもそも人権て何？　女房づとめをしてない限り、女は人前にも出られないのは当然。どこの姫君や奥方でも、実際は籠《かご》の鳥じゃねえか」

花房の不機嫌を汲《く》んで、賢盛の相もいっそう険を増した。

「あの親王さまが出てきてから、花房は災難つづきなんじゃないのか？」

双六《すごろく》の盤の上へ、賢盛が「よっ」とさいころをふたつ投げると、六の目が並んだ。

「碌《ろく》でもないなあ……」

庭からは、夏の名残《なごり》の花を摘《つ》む女童の歌声が聞こえてきた。北の方倫子《りんし》の使う童たちだろうか、高く澄んだ声で暑さを払っている。

「六つ刺しては　睦《むつ》まじく

七つ刺しては　名残おし……」

女性たちに流行している唄《うた》と聞いてはいたが、花房の耳には奇妙な迫力が感じられた。なぜだろうか、耳に怖い音色が残る。

「ねえ、これって呪《まじな》いじゃないのかな？」

単なる直感だったが、聞いた賢盛の眉《まゆ》が跳ね上がった。この俗謡は、今や都中で詠《うた》われるようになっていたのだ。

「もしも呪いだとしたら、半端ねえぞ。誰が何のために、唱えてるんだ?」

＊　＊　＊

一条帝は、中宮彰子が里へ下がり、半分は空き屋状態となった後宮を訪ねると、息子の敦康を呼んだ。

世話係を任じられている定子の妹・御匣殿《みくしげどの》が、懐かしい人と似た面差しで息子を連れてきた。御匣殿の歳《とし》は十代半ば。一条帝が定子と初めて瞳《ひとみ》を交わした頃の面影を、ほの白い面に写している。

——定子が、今ひとたびの逢瀬《おうせ》のために、戻ってきた。

愛息を膝《ひざ》に抱き上げて、しばし慈しんだあとの一条帝は、人払いをすると、御匣殿を身近に寄せた。若き帝は、愛する者の形代《かたしろ》としてその妹に想《おも》いのはけ口を求め、やっと笑みを取り戻したのだ。

「気づかれてはならぬ。誰にも、誰にも……」

この数年というもの、兄も姉も悲劇の渦中で揉《も》みくちゃにされ、宮中政治の恐ろしさだけを味わってきた御匣殿は震えた。寄る辺なき敦康とその眷属《けんぞく》を護《まも》ってくれるのは、主上《うえ》ただひとり……。

「でも、私はこのようになった身が恐ろしい。姉上がお怒りにはなりませんでしょうか」

「定子は許してくれるであろう。そなたと敦康を慈しみ、私が何をしようとも」

それきり、ふたりは言葉を封じ、そっと衣の紐《ひも》を解いた。

＊　＊　＊

いかに隠そうが、監視の目が張り巡らされた中宮内裏での密か事は露見する。

幼い中宮の留守の間に、一条帝が亡き皇后の妹と契った一件は、篠突《しのつ》く雨が奔流となるように、宮中のあちこちで囁《ささや》かれるようになった。

「お前の間諜《かんちょう》たちは、何を怠慢していたのだ！」

左大臣・道長は懐刀《ふところがたな》の行成を呼びつけると、文机《ふづくえ》を放り投げた。

「左府様、申し訳ございません」

平伏する蔵人頭へ、道長はだだっ子さながらに、紙も墨壺《すみつぼ》も投げ放ってみせた。

「どうして彰子の留守に、主上がよりにもよって、あの伊周の妹めに！」

「それは……私の手の者が、下げられた隙間《すきま》を盗んで」

「まさか敦康の世話係に入れていた定子の妹が、一番の刺客だったとは！　この先、男の子を産まれたら、それこそ奴《やつ》らの思うつぼだ」

道長の娘・彰子は、一条帝にとっては叔父から押しつけられた従妹《いとこ》であり、大切に扱ってはいるものの、真の夫婦とはほど遠い預かりものだった。そんな帝の心の隙間へ、定子の妹はするりと入り込み、姉が独り占めしていた寵愛《ちょうあい》を譲り受けた。

「おまけに今回は、あの光輝親王が、私の首を取ろうと反旗の輩《やから》を集めている」

御匣殿が新たな親王を出産すれば、伊周・隆家の兄弟は今度こそ復権してしまう。その可能性に、道長はかつてない恐怖を覚えていた。

手近に投げ散らすものがなくなった道長は、荒い息をおさめると空を睨《にら》んだ。

「万が一にも男皇子が生まれたら、これもすぐに彰子のもとへ引き取る。別の宮家など新たに立てさせてなるものか。双六の駒は、全部こちらで操らないとな」

焦りをつのらせる道長の予想どおり、一条帝が御匣殿と内密の関係を持ったことで、宮中の風を読む貴族たちの反応は変わった。

「伊周・隆家兄弟の復権か？」

この風に乗れば、うまい思いができるかもしれぬと、光輝親王のもとへと顔を連ねる反道長勢力の数も増えていった。

ある朝、会議へ出た道長は、多くの公卿《くぎょう》が欠席という異例の事態に遭遇する。

会議や行事への欠席は、その集団での最上位者〝一《いち》の上《かみ》〟への反感を表明する手段として用いられる。

道長が左大臣に任じられたばかりの際にも大勢の上卿《しょうけい》が欠席を繰り返し、彼への反感を示したが、娘を中宮に押し上げ、天下人となった道長が同様の事態に見舞われるのは初めてのことだった。

道長へ反感を抱く公卿たちを結束させたのは、宮中政治の損得勘定を持ち込まずにいる光輝親王の人望と、才女・清少納言《せいしょうなごん》がしたためた文だった。

ことに清少納言が光輝親王の館《やかた》へひそかに仕えたことで、『月見の宴《うたげ》』などと称しては、人の集まる機会も増えた。表向きは文芸と風雅を愛する集いだが、実態は敦康親王を立坊《りつぼう》する陰謀の話し合いだ。彼らは後ろ盾の弱い現東宮・居貞《おきさだ》親王を廃して、敦康にすげ替える気でいた。

この居貞親王は兼家《かねいえ》の長女・超子《ちょうし》の子で、道長にとっては甥、伊周・隆家兄弟のいとこにあたる。しかし七歳にして母親を失い、祖父兼家も他界したあとの居貞は、敦康以上に寄る辺なき親王であり、道長ごと失脚させるのは容易《たやす》いと見なされていた。

居貞の東宮廃位、同時に敦康立坊の挙は、一条帝が決意して、叔父道長へ強く出なければ成立しない。叔父の圧力に屈しつづける主上に心を定めさせる機はいつか、と光輝親王の館へ集う者たちは策を練る。

しかし、光輝親王は無頓着《むとんちゃく》に、萩《はぎ》の花にことよせた歌を詠めと客に促していた。陰謀を練るために訪れた者たちが渋々ながら一首詠めば、右筆《ゆうひつ》役の者に書き取らせ、清少納言へ告げた。

「今宵《こよい》の宴の様子を、主上へお伝えしようか」

表向きは歌宴の様相だが、誰が何を詠んだと連ねることで、この計画の賛同者を一条帝へ伝え、重い腰をあげさせる算段なのだ。

すでに敦康親王は彰子の宮へ居を移し、道長側へ抱え込まれている。母方の実家が貴族のみならず親王の行方さえ決める時代にあって、母亡き敦康には道長ほど心強い後見もいない。

加えて、母親思いの一条帝は、母・東三条院《ひがしさんじょういん》からの言いつけどおりに、叔父道長には逆らえずにいる。自らを利用し、不幸へ導く張本人が道長だと思っていても、逆らう勇気を持てず、悩み抜いていた。この先、彰子が男児をなせば、敦康は生母の定子同様、道長の圧力で排除されてしまうのもわかっている。

そんな折に持ちかけられたのが、光輝親王のもとへ集う反道長勢力と手を携えて、敦康立坊を実現させる計画だった。

表向きは光輝親王の宴席の様子を伝えた文だが、清少納言の研ぎ澄まされた文体の奥には、決意を促す檄《げき》が込められている。

――光輝親王が上卿の多くを束ねれば、敦康親王の安泰は、可能になる……。

流暢《りゅうちょう》に筆を走らせた清少納言の文を携え、使者はすぐさま清涼殿へ向かった。

「今宵の月を見て、主上は何を想われるであろう」

居並ぶ者の誰もが定子を思い浮かべたが、言うのは野暮と口をつぐんでいる。

その沈黙さえ愉《たの》しげに、親王は隆家へ無邪気な問いを投げかけた。

「ところで、花房は病で出仕していないというではないか。いかがな具合か」

「さて、それは……」

「まさか、そなたの結婚がもとで、寝ついたのではあるまいな」

隆家は絶句し、伊周らは嘲笑《ちょうしょう》した。道長自慢の寵童《ちょうどう》が、蔵人の重責を放り出している、と愉快でたまらないのだ。わずかな異変にも、道長凋落《ちょうらく》の目を読もうとしていた。

隆家は、このところ意地の悪さを増してきた親王を睨みそうになる。

――前はこんなお方ではなかった。

そして、花房が出仕しなくなった時期を顧みて、ほぞを噬《か》む。

――あの夜のあとからだ。

花房が女性だと知り、その秘密を生涯守ろうと誓った夜。あのまま過ごせれば、たとえどれほど苦しくても、美しい思い出となったはずだった。

だが道長が乱入し、感情のまま場を荒らしていった。隆家が花房の秘密を抱えて生きていこうと、かなわぬ想いを力の限りの抱擁へと昇華させた時に道長の邪魔が入って、それ以来、花房の姿は宮中から消えた。

——閉じ込められたのだ。お前のはばたく羽を、叔父上がむしり取ったのか？

いっこうに返答しない隆家へ焦《じ》れて、親王は薄い唇を歪《ゆが》ませた。

「庭の萩《はぎ》、全部刈り取って、これから花房へ見舞いに届けよ」

「はっ？」

「聞こえぬか。花房へ届けよと言ったが」

命じられた隆家は、侍童・従者と共に、庭の萩を刈らざるをえなくなった。

粋《すい》を凝らした庭を荒らさせる暴挙は、親王の父親・冷泉院《れいぜいいん》を彷彿《ほうふつ》とさせた。奇矯な行いで有名な人物だったが、怜悧《れいり》な親王にもその血は流れていたようだ。

月明かりの下、親王は優雅に扇をひらめかせていた。


土御門邸に蟄居《ちっきょ》する花房のもとへ、大量の萩の花が届けられたのは、夜も深くなった頃のことだった。

苦り切った隆家は、室内に積まれた萩を目であらためると、花房へ受取証がわりに文を書け、と迫った。

「ねえ、隆家。これは何の冗談かな」

「俺じゃない、月光の宮だ！　表庭の萩を、全部刈らされた」

「持ち帰ってと頼んだら、怒られるよね」

「明日、粥《かゆ》か焚《た》きつけにでも使え」

「萩の花なんて、食べられませんて」

とんだ見舞いの品もあると思うが、親王の言いつけとあらば、受け取らないわけにもいかない。

「出仕できないほど、状況は悪いのか？」

問いかけられた花房より前に、賢盛が苦る。

「お前が忍んで来たせいだぞ。こんな事態になるなら、毎晩、生き霊飛ばしてくれた方がよっぽどましだった」

花房と心で契ったと満足した時から、隆家の生き霊は彷徨《さまよ》わなくなった。一方、花房は怒気の解けない道長と面会すら許されず、新たな懊悩《おうのう》を抱える羽目に陥ったが。

「お前のせいで、道長様は怒るし、花房は謹慎だ。こんな花で許されるか」

隆家を睨んで今にも萩を捨てかねない賢盛をとどめ、花房は疲れた笑顔をつくった。

「それは隆家からじゃない。隆家が花なんて贈ると思う？」

「当たり前だ、俺ならお前に、馬か刀か酒か……」

言いさした言葉を、隆家はのみ込んでうろたえた。花房が女性だと知ったあとでも、長年の思い込みから逃れられずにいるのだ。

「それでいいんだよ、隆家。ありがとう」

「おう……」

三人は苦笑いをし、穏やかな空気が流れたのだったが……。


兵部卿が牛車《ぎっしゃ》いっぱいの萩を運び込むより半刻《はんとき》早く、土御門邸には御所より下がった蔵人頭が訪れていた。

光輝親王から主上へと文が届き、貰《もら》った帝が複雑な表情で読み返していたためだ。

御前を退出した行成は、その足で道長へ報告へあがった。

実直な一条帝に腹芸はできず、光輝親王からの手紙は深刻な内容と知れた。——行成の報告の最中に、花房の行動を監視する家人から、道長への報告が重なる。

「花房様のお部屋へ、光輝親王からの御使者が入りました」

そのあらましを聞いて、道長と行成は耳を疑った。大量の萩の花を運び込ませたのは、兵部卿・隆家。この夜半の下しものは異例にすぎる。

親王一派が計画する造反に花房も加わった図式を、道長は勝手に思い描いた。

「花房まで私を捨てて、隆家へ寝返ろうとしている」

朝議で起きた公卿たちの欠席だけで、簡単に自信が揺らいでしまう道長へ、能吏の行成は冷静に囁いた。

「花房殿は、裏切れはしませんよ。何せ生まれた時から、左府様がご寵愛なさった格別の甥御《おいご》。兵部卿に対しては、従兄《いとこ》弟同士の睦まじさでしょう」

「しかしだな、あいつらは烏帽子《えぼし》を払って、抱き合っていたのだぞ」

「それは花房殿が、兵部卿へわずかな情をかけ、烏帽子を取られただけでしょう」

道長は、花房が隆家に同情する理由が理解できず、脇息《きょうそく》に半身を預けた。

もとより恋の情感を知らない道長である。嫡妻に対しても、その血筋と美質に惚《ほ》れ込《こ》んだだけで、優れた馬を馬場に入れるのと同じ感覚で接し、それを愛と思ってきた。ところが蕩《とろ》けるように可愛《かわい》がってきた花房だけは別格に扱い、その自覚もない。

目の中に入れても痛くない花房が、おのれと敵対する隆家を平気で裡《うち》へと招き入れてしまう。その理屈がどうしてもわからない。

「隆家はことあるごとに花房を腐してきた、最悪の従兄《いとこ》だぞ」

「それは子供時分の話でございましょう。今や兵部卿も花房殿へ、長い間の片恋を告げる言葉もようやく持ち合わせたご様子」

「どういうことだ」

「無骨な卿へ、無防備な花房様が同情なさっての軽挙でございます。深い仲にはなっておりませんよ」

行成は左大臣を、大きな腕白坊主だと見定めている。しかし、その器の大きさが宮中の権力を掌握する人物にはふさわしいとも思う。小さな事物に囚《とら》われる陰湿な人柄では、国の舵取《かじと》りなどできはしない。細かな仕事は優秀な部下に任せて、大海を見据える力強さが最高権力者には必要なのだ。

しかし、肝が太いはずの道長も、甥の花房に関しては過剰に反応してしまう。大きな器に満たされた愛情は、わずかな衝撃にも溢《あふ》れこぼれてしまい、周囲に飛び散っている。

——恋知り初めし少年でもあるまいに。

能吏は、土御門邸の女房たちからひそかに情報を聞き出してもいた。

花房は早朝の乗馬以外は外出もせず、館に閉じこもって暮らしているという。

「花房殿は、左府様とは切っても切れぬ間柄。現に毎日神妙なご様子で、食も細っているという話。このままでは本当の病を得るのも時間の問題です」

「そっ、それは困る」

すっくと立ち上がり、花房の部屋へ駆け込もうとした道長の袖《そで》を、行成はとらえた。

「花房殿への一番の良薬は、左府様です。しかし今宵ではありません。あなた様が花房殿と語らうにふさわしいのは、何処《どこ》でございましょう」

腹心の部下に言われて、道長の面に生気が蘇《よみがえ》った。

小さな花房を初めて鞍《くら》へ上げてから、どれほど一緒に走ったことだろう。同じ鞍上《あんじょう》で共に前を向き、風を切った四季の記憶が、道長の裡を駆け抜けた。

長じては花房と駒を並べ、打毬《だきゅう》を競って汗が散り、花房と共に賢盛と武春《たけはる》も笑い転げていた日々を、政務の重苦しさにつぶされかけていた道長は忘れていた。

「……花房に何かあったら、私も生きてはいけぬ」

「でしょうとも。ただ、良薬を与えるにも、時と場が必要です」

提言を素直に受け入れた道長の前から辞した行成は、牛車の中でようやく本来の貌《かお》に戻ると、小さなあくびを噛《か》み殺《ころ》した。

――面倒くさい人たちだ……。


早朝の馬場へ、花房の愛馬が引き出されてきた。春風《はるかぜ》である。

すでに先代の愛馬・疾風《はやて》は亡くなり、その仔《こ》に乗り換えていたが、ここ連日しょげかえっている花房を賢い馬は気づかっている。花房の肩口や頭へ鼻面を押し当てて、彼なりに慰めていた。

「ありがとう。お前にまで心配かけて、すまない」

花房が落ち込んでいるせいで、愛馬の春風まで飼い葉を食べる量が落ちているという。〝人馬一体〟という言葉が乗馬の基本理念だが、乗り手の精神を愛馬にもうつしてしまい、痛みを共有するのは、よくある現象なのだ。

「このままじゃ春風も倒れるぜ」

皮肉屋の賢盛も、険のある言葉の切れ味が悪い。道長の逆鱗《げきりん》に触れて以来、花房は必死に自分を保とうとしているが、精神的に追い込まれているのがよくわかる。

普段は鷹揚《おうよう》な武春も、腕を組んだまま馬場の柵《さく》を離れようともしない。厩舎《きゅうしゃ》から引き出された愛馬への態度もおざなりであった。

「生き霊に魘《うな》されていたかと思えば、今度は道長様と大喧嘩《おおげんか》とは」

武春はいざという時に限ってしくじる幼なじみを、さすがに睨んだ。

「賢盛がついていながら、どうして隆家様とふたりきりにした？」

「だって花房がそう言うから」

「あれは〝気〟の塊みたいな方だ。どんな結界だって乗り越えて、生き霊としてやってきたんだぞ。光栄《みつよし》おじが、呆《あき》れ果てるまでの執着で」

武春は、愛馬の昴《すばる》がおぼつかない足どりで馬場を駆ける姿を眺めた。走りぶりの衰えは年齢だけが原因ではない。武春が沈んでいるのを察して、馬もまた気鬱《きうつ》になっている。

賢盛の愛馬だった雷《いかずち》の仔・雷電《らいでん》も、厩務《きゅうむ》の従者を嚙んだり蹴《け》ったりの暴れ放題である。

「はあ〜っ、どうしてこうなった？」

花房と一緒に〝守り刀〟のふたりも、果ては愛馬たちまで深く落ち込み、馬場は一面、暗い空気に覆われていた。

その様子を物陰から見やる者があった。道長である。

弾《はじ》けるような笑顔を見せていた三人は覇気を失い、花房に至っては風の一吹きで飛んでいきそうな影の薄さで佇《たたず》んでいる。さすがの道長も胸を衝《つ》かれた。

──私がついていなければ、花房たちは駄目なのだ。信じてやらねば……。

道長に甘えて、絡みついてきた子供の気持ちのまま、三人は育ち上がっている。

道長は、熱くなった目頭を押さえた。

──たとえ隆家とあられもない格好をしていようが、花房が私を裏切るはずはない。

確信して、馬場へと駆けだす。

「伯父上！」

「道長様！」

馬が驚くほどの勢いで駆け込んできた道長に、花房たちは声をあげた。

「久しぶりに、皆で駆け比べでもしないか」

道長のたったひと言で、花房の顔が輝いた。

花房の笑顔に満開の桜を見て、道長も心の重荷をおろした。

隆家との一件には目をつむろうと、道長は決めた。たとえ花房と隆家が秘密の関係を持とうとも、花房は決して自分を裏切りはしないと信じたのだった。

笑いを取り戻した馬場で、駒たちが高くいなないた。


道長の怒りが解け、花房は御所づとめに返り咲いた。

花の顔《かんばせ》が戻ってきたと喜ぶ女房貴族はもとより、誰より胸を撫《な》で下ろしたのは一条帝と隆家だった。

「もう身体《からだ》はよいのか」

「はい。馬場にて早駆けができるほど、体調は戻りました」

「そなたは左府並みに、馬が好きなのだな」

一条帝は声をあげて笑った。

この笑みは、御匣殿との愛が取り戻したのだ、と花房もまた安堵《あんど》する。

新たな女性の出現で後宮の后四人の周辺は青ざめたが、花房にとってはまず一条帝の平安こそが大切に思える。それが蔵人の心情だ。

ただし、一条帝の御匣殿への寵愛がこれ以上高まれば、政変の可能性も生じる。また、彰子はお飾りの中宮として侮《あなど》られ、誇り高く育てられた彼女は傷つくだろう。

一条帝個人の幸福は、従妹やひいては道長の安寧にはつながらない。誰もが幸福になる絵図など宮中には存在しない。

蔵人の業務は、天皇個人の秘書である。帝の身の回りを世話する侍従とは異なり、政務担当として、公卿や役所のあいだをせわしなく飛び回って調整をする。

帝の裁可がおりた書類を兵部省へ届けた花房は、長官である兵部卿・隆家へ深々と頭を下げた。

「主上よりの書状、お改めください」

兵部卿は、大きな口を引き結んだまま応えなかった。

「………？」

「皆、下がれ」

右筆《ゆうひつ》たち事務官を退室させた隆家は、あたりに誰もいなくなった途端、花房の手を包み込んだ。

「叔父上に、無体はされていないか？　お前のこと、バレてはいないか？」

矢継ぎ早の質問に、花房は吹き出しそうになる。この不器用な従兄は、花房が謹慎を命じられていたあいだ、悶々《もんもん》としながら過ごしてきたのだろう。

「伯父上は、いつだって優しいよ。隆家と同じ」

「いや、俺の方が勝ってる。お前の秘密を知ってる分……」

ようだった。

花房の復帰を喜んでいるはずの隆家だが、道長との競り合いは彼の内面でつづいている

＊　＊　＊

「俺は行きませんよ。兄上はまだ懲りないのですか」

「ならば、私のことは捨て置け」

「ああ、今回ばかりはそうします」

隆家は、兄・伊周たちの牛車が門から出ていくのを、忌々《いまいま》しげに見送った。

付き随《したが》うのは高階《たかしな》家のおじたちの車に、女仕立てのものが一台。彼らが目指すのは、呪いを本業とする闇《やみ》の修験者の館である。

隆家は嘆息した。呪詛《じゅそ》がもしも露見すれば、殺人あるいは殺人未遂の罪に相当し、人としての信用を完全に失ってしまう。以前に伊周は、帝のみに許される太元帥法《だいげんのほう》を用いて道長を呪った咎《とが》で太宰府《だざいふ》へ流された。だというのに、高階家の一党に言われるがまま、再び新たな呪詛を試みようとしているのだ。

——兄上は、学習能力がないのか？

戦いが基本理念の隆家にとって、一度失敗した戦術は同じ状況下では二度と使わないと

いう鉄則が確立している。ましてや以前よりも劣悪な戦況で、自らの墓穴を掘った戦法を採るのは愚の骨頂といえた。

そしてようやく、隆家も薄々と気がついてきた。子供の頃は無条件で受け入れてきた母方の伯父たちが、宮中政治を乱す蛇蝎《だかつ》のごとき存在であると。

——あいつらこそ、俺たち九条流から権力をかすめ取ろうとする〝盗《ぬす》っ人《と》〟では？

藤原家は始祖・中臣鎌足《なかとみのかまたり》から三世紀半をかけて、皇統と絡みついた根をもとに、枝葉を伸ばしてきた貴族の雄である。数多《あまた》ある藤原家の中でも九条流は、摂政関白などの高位をここ数代で握り、その権力を固めようと腐心してきた。それも兄弟、叔父甥の争いを繰り返してである。近親の相克が、実は藤原家全体を鍛え抜いたともいえた。

——高階の伯父たちは、それを根こそぎ持っていこうとしてはいまいか？

隆家が睨みつけた虚空の先に、兄・伊周と姻戚《いんせき》の高階家、そして彼女がいた。

闇の修験者の館を訪れた一行は、護摩焚きの焔《ほのお》の前で、一心不乱にふたつの願いを唱えつづけていた。

ひとつは、道長の後見である東三条院の死。

一条帝の母である彼女が道長の後ろ盾であるために、自分は政権を獲る前に追い落とされ、今も不遇をかこっていると伊周は思い込んでいた。

「東三条院、落ちよ、落ちよっ」

すでに女院は腫《は》れ物《もの》の病で床につき、何度となく生死の境をさまよっている。彼女さえ亡くなれば一条帝と道長の前に立ちふさがる巨岩が失《う》せると、呪う者たちは思っていた。

呪詛の声が高まる中、次は祈願へと移る。

「御匣殿《みくしげどの》の御腹《おんはら》に、男《おとこ》皇子《みこ》やどりたまえばっ」

修験者の声に、伊周ら列席者も唱和する。

護摩炊きの火に、伊周と高階家の面々は再びの出世を祈る。

彼らにとっては、道長の手のうちに入ってしまった敦康親王も単なる道具でしかなく、次なる道具が生まれてくれれば、それにこしたことはないのである。

しかし、末席に連なる清少納言の細面は、怒りと念に研ぎ澄まされていた。

「……必ずや道長を倒して、宮さまの仇《かたき》を討ってみせます」

呪詛と祈りが、同時に成り立つのであろうか。

護摩壇の火は勢いを増し、彼女はその紅蓮《ぐれん》の焔さえ睨んでみせた。

――宮さまのためならば、いかなる手を使っても、本懐とげてみせまする。

その視線に、焔が揺らいだ。

＊　＊　＊

都の大路の、あるいは露地のあちこちで、またもやあの俗謡が聞こえた。

「三つ刺しては　御姿《みすがた》の
四つ刺しては　夜もすがら
五つ刺しては　慈しみ……」

軽やかな節回しだが、不思議ともの悲しい。陰陽寮からの帰り道にこの唄を耳にして、武春はゾクリと身を震わせた。

「光栄おじ、これはっ……」

陰陽師《おんみょうじ》・光栄は、慌てる武春を目で制した。

「間違いなく呪文《じゅもん》だ……」

武春はあたりを見回した。なぜだろうか、かつて見知っていた人の気配を感じたのだ。しかし、それが誰かは思い出せない。

――懐かしくて、ひどく恐ろしい……。

武春がその気配を探ろうと牛車の窓から外をうかがうと、その視線を感じ取ったわけでもないだろうに、歌声はピタリと止《や》んだ。

「お前の陽の気で、制したようだな」

武春は類《たぐ》い稀《まれ》な陽の気で邪悪なものを撥《は》ねのける〝破魔と破邪の気〟を有している。これはひたすら天性によるもので、努力で習得できるものではなかった。

「おじ上、この唄をあちこちで唄われたら、都中に呪《まじな》いが満ちます」

「そうとも。呪詛と寿唄《ほぎうた》が幾重にも絡んだ、巧妙な呪いだ。これは陰陽師がつくったものではない。別の律で独自に編まれた、祈りにも似た……」

もう一度、武春の鼻先を誰かの気配がかすめた気がした。白檀《びゃくだん》が涼しく薫る扇のそよぎと、衣擦《きぬず》れの音がさらさらと。

――誰だ、俺はこの相手を知っている……？

だが、都の大路からかの人の気配は、ふつっと消えて、武春のみならず、光栄にもたどれなくなった。

「ひとつ刺しては　ひたすらに
ふたつ刺しては　深情け……」
藤原行成の館の冬枯れの庭では、女房に率いられた女童たちが、その俗謡を口ずさんでいた。冬の庭を巡りながら、何を愛《め》でればよいかを引率の女房は指導し、葉の落ちた枝の枯れぶりにも興を見いだす。こうした教育の積み重ねで、童たちも教養ある女房へと成長していく。

「そなたたち、もっと愉しげに唄いなさい。女院さまのお気が晴れるように」

「はぁい」

庭をめぐって唄う女童たちは、行成の三条邸へ移ってきた東三条院の慰めにと、声を張り上げた。

すでに女院の容態は重く、寝ついたきりだ。しかし、病の床にあっても、彼女は毅然《きぜん》とした態度を崩そうとはしなかった。

「皆、明るく、いつものどおりに振る舞いなさい。私はそれが嬉《うれ》しい」

木枯らしの吹き抜ける庭を、女童が唄いながらめぐりつづける。快癒を祈るために唄いつづける。

花房は、病苦の中にあってもなお、誇りを失わない東三条院の手をさすった。

「女院さま、花房はここにおります。だから、お気を確かに」

「嬉しや、花房。庭では童たちが、愉しげに唄っておる」

「病に負けてはいけません。女院さまがお元気になる日も近いと信じております……」

庭で唄う女童たちの声が高まると同時に、東三条院の呼吸が荒くなった。

「誰か早く薬師《くすし》を呼んで！」

花房は、容態が急変した東三条院の手を必死に握った。幼い頃から愛してくれた伯母の命が、今まさに揺らいでいた。

庭からは、不思議な唄が声高らかに響いてくる。

「七つ刺しては　名残おし……」

目の前を駆け抜けていく命の儚《はかな》さを感じる。握った手のぬくもりが、今この瞬間に逃げていく。

「早く伯父上をお呼びして！」

木枯らしに千切れる女童の歌声が、東三条院の命を虚空へと連れていった。

長保《ちょうほう》三年の暮れ。

皇后定子の死を追いかけて一年後、姑《しゅうとめ》の東三条院も息を引き取った。円融天皇《えんゆうてんのう》の后として嫁し、一条帝をもうけ、左大臣道長を創出するために腐心した女傑の生涯は、北風に唄われながら幕を閉じた。

「姉上ーっ」

冷たくなった東三条院に取りすがり、道長はあたり憚《はばか》らず号泣した。

いかなる時にでも臆《おく》することを知らず、常に前を見据えた瞳。内裏へ上がる日数《ひかず》こそ少なかったが、実家の里内裏に住まいながら、政権の行方すら決めていった強靱《きょうじん》な意志。姉・詮子《せんし》の政治家としての凄《すご》みが、今日までの道長を育て支えてきた。彼女なくして道長は、政権争いを勝ち抜けなかっただろう。

「どうして今なんだ？　私がこんなに辛《つら》い時に、なぜ」

道長は詮子の死によって、事態がどれほど怖い方向へなだれ込むかも感じていた。

一条帝が叔父の道長へ遠慮を繰り返してきたのは、母の東三条院が渾身《こんしん》で道長を守《も》り立ててきた、その一因のみだ。力強い姉と甘えん坊の弟、そしてふたりの顔色をうかがって生きる温厚な息子。この三角関係で築かれた共闘の姿勢が、まさに崩れんとしていた。

「姉上、なぜ今、私を置いて旅立たれた……」

左大臣・道長の嘆きが満ちた邸内で、女童たちは房の隅に身を寄せると、忍び声でまたも唄った。

「……七つ刺しては　名残おし」

「その闇の修験者とやらの呪詛で、東三条院がお隠れに？」

霜のおりた早朝の庭を眺めつつ、光輝親王は盤双六のさいころをふたつ、庭木へと投げた。木肌から跳ね返って戻ったさいころは、親王の前できれいに六の目を並べてみせた。

「大した術だな、その修験者。もしもそれが本当ならばの話だが……」

伊周と高階家の四兄弟、そして清少納言は、早朝の挨拶《あいさつ》に居並び、東三条院詮子の逝去を嬉しげに報告していた。だが、彼らのほくそ笑む様子を、親王は喜んではいなかった。

「人を呪わば穴ふたつ。呪詛をありがたがるなど、不愉快千万」

詮子の死を拍手喝采《はくしゅかっさい》で祝おうとしていた高階家兄弟の前に、親王は軽やかにさいころを放り投げた。

「次はそなたたちの〝大事〟に、呪いが降りかからねばよいが」

伊周と高階家のおじたちは、さいころの目を見て、絶句した。

「四《し》……」

誇り高い親王は、呪詛を仕掛けた伊周たちへ不快を露《あらわ》にしていた。

その憤りを目端でとらえて、清少納言は睫《まつ》毛《げ》を伏せた。

——四つ刺しては　夜もすがら……

唄が、高まっていく。

＊　＊　＊

年は改まり、春とは名のみの寒さの中、花房は光輝親王の館を個人的に訪れた。

東三条院の死を悼む土御門邸へ、椿《つばき》の花と見舞いの文が届けられ、道長も花房も親王の優しさに心を打たれたためだ。

「なんという優しいお心ばえなのだ！」

光輝親王からの文に、傷心の道長は瞳を潤ませた。政治的に対立する相手であろうと、人としての優しさを忘れぬ貴人の態度に、自分の狭量を省みた。

「人の上に立つ者は、こうでなくてはいけなかった……」

甥・伊周の復位を考え始めた道長は、親王への警戒も解き始めていた。

「敦康は我が手中にあり、伊周も宮中に戻し、これで共に歩んでいければ」

九条流藤原家が他家を抑えていくには、敦康親王を擁しつつ、光輝親王と良好な関係を築く手もある。道長本来の人のよさが頭をもたげ、そんな伯父の命で、花房は月光の宮を訪問することになったのだ。

「来たか、花房。嬉しいぞ」

白い息を吐きながら、花房は椿の花を頂戴《ちょうだい》した御礼《おんれい》の挨拶をのべた。

しんと冷えた邸内で向かい合えば、親王の衣に焚きしめた薫りの清らかさに、胸の奥が洗われる思いがする。花房に付き随っていた賢盛と武春も、同様だった。

「三人とも寒い中をよく訪ねてきてくれた。さあ、こちらへ来て、火にあたりなさい」

炭櫃《すびつ》近くへ花房を呼び寄せた光輝親王は、火の暖かさを分かち合うことすら愉しげだ。

「東三条院様は、お気の毒であった」

「はい。私にとっては大切な……」

「伯母御であろう。そなたには、さぞかし優しかったのであろうな」

「はい、それは。私だけでなく、賢盛と武春にも等しく」

花房たちが子供だった頃には、山と積ませた菓子の食べ比べをさせては、大らかに笑っていた。東三条院詮子は、実子の一条帝と共に暮らせぬ寂しさを、花房たちを愛することで紛らわせていたのだ。それは母の愛情のなせるわざであった。

「そなたたちには、さみしい春だな……」

花房は瞳を潤ませる。

ふと、武春は何者かが白檀の風をひらめかし、通り過ぎる気配を感じた。


『七つ刺しては　名残おし』


——あの数え歌だ！

武春が気配を捕まえる前に、妖《あやか》しの唄は逃げ去っていった。

東三条院詮子の死を願い、呪詛が通じたとほくそ笑む兄の伊周を、隆家は気味悪げに見つめていた。

──以前の兄上は、このような人間だったか？

その昔、伊周と隆家の兄弟は、高階家のおじ連中の言うがままに東三条院と道長を呪ったこともあった。だが……今回は、やはりどうもおかしい。

──兄上、どこか人が変わられている。

歳月が人を変える皮肉を、隆家自身も知っている。かなわぬ恋を諦《あきら》め、甥の敦康親王を養うために、受領の娘を妻として財を得た。しかし、心の芯《しん》は一切揺らいでいない。ところが兄の伊周は、人を恨み呪う人格へと変わり果てていた。

──どうしてだ？

二条の邸内を寒風がめぐる。その風に乗って、奇妙な唄が聞こえた。

「五つ刺しては　いつくしみ……」

その唄声を聞いて、伊周は全身をひきつらせて笑った。

「あとは、妹が主上の男皇子を無事に産めば、我が世の春がやってくる」

東三条院詮子の死から半年後。

一条帝が待ち望んでいた愛の結晶の誕生は、簡単に夢やぶれた。

夏の暑さで都が蒸れる六月、姉定子から帝の寵愛を引き継いだ御匣殿は、月満ちぬ子供を宿したまま、命を落とした。伊周たちの呪詛が、彼女へ跳ね返った結果とも思えた。

「呪詛で世の中が回れば、苦労はないわ」

御匣殿の死を、光輝親王は因果応報の末だと言い切った。

呪詛の代償は母と子の死。ツケは必ず回ってくる。

苦り切った親王へ扇で風を送る侍童たちは、涼しげな表情をいっこうに崩さない清少納言の反応を待った。

「御匣殿はお気の毒ですが、私たちには敦康親王がおられますれば」

「確かに。新しい男皇子が手に入らないとすれば、今度こそ事を進めないといけないな」

油蟬《あぶらぜみ》の声が、焦れた親王の心情を代弁していた。

第七帖　仮面の下

「ねえ乳母や、この新しい衣は、前より派手になっていないかい？」

花房《はなふさ》はぼやいた。出仕前に着せかけられた袍《ほう》は、かつてない鮮やかさだ。

「その布を染めたのは、私ではありません。倫子《りんし》さまから頂戴《ちょうだい》しましたの」

「……あ、そう。じゃ、絶対に着なくちゃいけないね」

「よくおわかりで」

それ以上は何を言っても怒られると諦《あきら》めた花房の肩口を、賢盛《かたもり》が小突いた。

「五位の衣としては、一番派手だろうな」

「やめてよ。みんなにまたジロジロ見られる……」

「いや、似合ってるって」

新しい装束で出仕した花房は、一条帝《いちじょうてい》が微《かす》かに笑って差し出した文が、またもや光輝《みつてる》親王《しんのう》宛《あ》てだと知り、この頻繁なやり取りには深い理由があると推理した。

御匣殿《みくしげどの》とその子が亡くなり、主上《うえ》の関心は敦康《あつやす》親王へ集中しているのだろう。

帝《みかど》から預かった文の使者に立てば、光輝親王は花房の装束へ目を留めた。

「ほう、今日はまたいっそう鮮やかな。そなたの貌《かお》に映えて、よく似合っている」

親王は嬉《うれ》しげに花房を手招きした。

賢盛が警戒して腰を浮かしかけると、親王は嘯《うそぶ》いた。

「いつぞやのそなたの女君の姿、あれを思い出すと、胸が疼《うず》く」

花房は、顔から火が出る思いで面《おもて》を伏せた。

「今日の装束も似合うが、あちらはもっと似合っていた。罪つくりな……」

冷や汗をかきながら花房は親王の前から下がる。衣の下に秘密を抱える身は、親王の冗談口にも怯《おび》えてしまうのだ。


一条帝と光輝親王との書簡のやり取りは、日ごとに回数を増していった。

花房が出仕の番の日には、必ず使者を命じられる。これには光輝親王からの依頼があると花房も勘づいた。

「お前、相変わらずモテてるなあ……」

「迫らなければ、最高によいお方なんだけど」

花房と賢盛がふたり揃《そろ》って挨拶《あいさつ》に向かった席は、親王を清少納言《せいしょうなごん》と高階《たかしな》一族が囲む連歌の会であった。

「今日はそなたを特別に招きたくて、主上へお願いした」

やはり、と花房は室内を見まわした。高階一族のみならず、何人もの貴族が連座している。歌会と称して陰謀を語り合っていたのは明白であった。

「せっかくの客人だ。まずは一献《いっこん》」

侍童に杯を渡され、花房は返答に困った。宴《うたげ》に呼ばれた身ではなく、飽くまで主上の使いとして訪れただけなのだ。

「その……私は」

「親王さまからの杯を断るなど、無礼千万ではありませんか。ほんのひとくちだけ」

清少納言が涼しげにいなした。

花房は逃げ切れないと覚悟を決めて、杯を一気に干した。

「潔い。だから私は、そなたが好きだ……」

親王の唄《うた》に似た美声が、花房の耳朶《じだ》を打つ。喉《のど》を下った美酒の熱さとともに、花房へ目眩《めまい》が襲いかかった。

「なっ！　これは……」

「こうでもしないと事が進まぬ。赦《ゆる》せよ」

親王の目配せひとつで、賢盛の背後に控えていた従者たちが一斉に打ちかかった。

「あっ！」

花房と時あいまって、賢盛の意識も暗闇《くらやみ》へと落ちた。

「さて、この桜花、どのように玩味《がんみ》しようか」

親王は、花房を軽々と抱き上げた。


一条帝から急な呼び出しを喰《く》らった道長《みちなが》は、呆気《あっけ》にとられていた。

「左府。敦康を、我が子を手元で育てたいのです」

「は？　ご冗談をおっしゃいますな。すでに敦康親王は、中宮の手元で育て……」

「返してほしい。私と定子《ていし》の子です」

道長は、とんでもないと空とぼけてみせた。

たとえ親王であろうとも、母方の実家が経済的に支えていくのが常識の世にあって、帝自らが子を手元に置くなど考えられない掟《おきて》破りだ。

「すでに敦康親王様は、中宮の養い子です。私が支えていくのですからご安心を」

「それは感謝しております。しかし私がこの手で……」

一条帝の震える声で、道長は誰が今日の指令を出したかを察した。

——光輝親王め。

彼が反道長の公卿《くぎょう》団を味方として、現在の東宮・居貞《おきさだ》を廃し、一気に敦康親王を新たな東宮へ立てる絵図を描いたのは明らかだった。同時に伊周《これちか》への政権移行も計画しているのだろう。帝と光輝親王が伊周を担ぎながら、いいようにあしらうのは目に見えていた。

「面白うございますな。しかし、私が大叔父として敦康様をお育てするからには」

頼むやらぬの押し問答がつづく、まさにその時に、道長へ光輝親王から急ぎの文が届けられた。主上の御前であるというのに、この急使も異例である。

「何用か？」

一条帝の眼差《まなざ》しを読んで、道長は文を開いた。

「秋の宵　恋う人来ぬと　待つほどに　咲き初めの花　手折《たお》るいたずら」

道長は我が目を疑った。

――……花房！

一条帝が持ちかけてきた取引の材料は、花房だった。

人質に取られたのだ。花房と敦康親王とを交換しろという脅しに、道長は唇を嚙《か》んだ。

「左府よ、今一度考えてはくれぬか」

「一晩、猶予をいただきたい」

道長は一条帝を睨《にら》むかわりに、頭《こうべ》を垂れた。

――彰子《しょうし》に親王が生まれたら、すぐさま降ろしてやる。

その前に取り戻すべきは、花房だった。

内裏を退出した道長は、陰陽師《おんみょうじ》・賀茂光栄《かものみつよし》の館《やかた》へ押しかけた。

「花房が攫《さら》われた！　どこにいるんだ、すぐさま捜し出せ！」

怒りで血をのぼらせた道長を迎え、武春《たけはる》は絶句した。館の主人・光栄は留守であり、激《げき》

昂《こう》している道長の話を聞けば、花房は賢盛と一緒に人質として押さえられたという。

「花房に何かしでかしたら、親王といえども許しはしないからな」

左大臣として腹芸を覚えたとはいえ、道長は本来、血の気が多い。このままの勢いでは

光輝親王の館へ郎党を連れて踏み込みかねなかった。

「道長様、俺じゃわからない。でも、花房たちは絶対に助けます」

「当たり前だ！　私にできないことをするのが、陰陽師の役目だろうが」

——俺に式神は使えない。だけど、あの方に相談すれば。

怒りのあまり館の廊下を踏み抜きそうな道長をひとまず帰して、武春は氷宮《ひのみや》の陰陽師の

館へ駆けた。

——花房、花房っ！　どうか無事で。俺が絶対に助け出す！

都路を全力疾走する武春の訪れを、先に察知していた氷宮の陰陽師は、息せき切った彼

の前で軽く手を叩《たた》いた。〝空鏡《そらかがみ》〟と呼ばれる透視術を行うためである。

白銀の髪が輝く陰陽師は、淡い水色の瞳《ひとみ》で虚空を見つめた。

「花房殿は、光輝親王の寝所ですね」

「えっ！」

武春は血相を変えた。単なる人質ではなく、花房の身があぶないことは明白だった。

花房の居所を即座に言い当てた陰陽師は、式神《しきがみ》ひとつ使えない武春を憐《あわ》れんだ。

「どうします。かりにも親王のお館です。あなたごときが踏み込めませんよ」

「それでも、俺は花房と賢盛を助けます！」

その時、武春は思い出した。この渡来系の陰陽師がかつて〝氷〟という香を調合していたことを。その香は人の感覚を麻痺《まひ》させ、無関心無感覚にさせるため、これを用いれば親王の館へ簡単に入れると武春は思いついたのだった。

「あの〝氷〟という香を貸してください！」

冬の湖のような瞳をもつ陰陽師は、静かに諫《いさ》めた。

「館の使用人は突破できても、親王様にだけはまず効きません。あの方は〝回天〟の相を持つ、特別な御方です。入ったあとは、直接に対決するしかありません」

武春は、親王の実物を知っているだけに、身を硬くした。

類《たぐ》い稀《まれ》な美貌《びぼう》と気品。そして人を食ったような剽《ひょう》げた態度。何ひとつかなわない相手と対峙《たいじ》する自信はなかった。

「でも俺は、花房を……！」

氷宮の陰陽師は、薄い唇をほころばせた。

「お行きなさい、武春。あなたの武器は、そのまっすぐな気性です」

碧《あお》い瞳の視線ひとつで、香合が宙を飛んできた。

はっしとつかんだ武春は、再び駆けだした。囚《とら》われの花房を助けるために。

「ひとつ刺しては　ひたすらに
ふたつ刺しては　深情け……」

奇妙な数え唄を夢の中で聞きながら、意識を取り戻した花房は、朦朧《もうろう》とした目で周囲を見回した。

「……ここはどこ？」

「私の寝所だが」

耳元で甘やかな声に囁《ささや》かれ、ハッと覚醒《かくせい》する。涼しさと甘さが薫る衣に包まれて、花房は抱《いだ》かれていた。

「ま、まさか……」

慌てて身を起こそうとしたが、身体《からだ》の自由がきかない。花房の狼狽《ろうばい》を、光輝親王は穏やかに見守っていた。

「まさかこの私が、無体をしたと思ったか？　そなたが自分の意思で、私のものにならねば意味がない」

花房は、乱れのない衣を確かめて、そっと安堵《あんど》の息をついた。

──このお方は恋愛に慣れていらして……。あれっ？

安堵はわずかな間だけ。粋《すい》を知り尽くしたはずの親王が、なぜ強制した一献に一服盛ったのだろうかと、花房は不思議になる。

その不審を、親王はしらっとかわした。

「そなたを人質に取ったまで。左府と取り引きするためにね」

「……伯父上と、事を構えるおつもりですか」

「そなたの寝顔を見るのは愉《たの》しかったぞ」

そう言って、親王がいたずらっ子のように笑う。

──何もなかったのは、ありがたいけれど……。

「訳ありの花ほど、大切に扱わねばならぬ。男と女とは、そうしたものだ」

花房の息が止まる。

今さらに気がついた。親王は、花房が衣冠束帯の下に隠していた秘密を出会い頭に見破り、その嘘《うそ》を長々と愉しんできたのだと。

「よくぞここまで、皆をだましおおせてきたものだ。感心する」

「私は、その……」

「陰陽師に、恋をしてはいけないと託宣されているのだろう。だが男に化けたくらいで、そなたが逃げ切れると思っていたのか」

花房へ頬《ほお》を寄せた親王は、彼女《おなご》の白い頬の稜線《りょうせん》をゆっくりと確かめた。

「私をこんな気持ちにさせた女子は初めてだ。そなたは遊びの獲物ではない。生涯かけて愛《め》でる花。男のなりをするならば、それもよし。その姿のままで愛し尽くしてやろう」

火照《ほて》りと寒気が一気に襲いかかる。宮中一の美男と謳《うた》われた親王が、本気で恋を語り始めたら、いかに鈍感な花房といえども、全身が震えた。しかし身体は一切動かない。

「あ、あの……帰ってもいいでしょうか」

「私とここで、青海波《せいがいは》を一曲舞えと頼んでいるのだが。そなたに教えたであろう。寄せる波、返す波、男波《おなみ》と女波の応え合い、やがては波の連なる大海原に無数の波頭が弾《はじ》けて」

花房の頭の中は真っ白になった。『青海波』の極意を教わった時の、めくるめく記憶が蘇《よみがえ》る。あの時、親王は恋の営みの極意を暗喩《あんゆ》に込めていたのだ。

「やっと気づいたか。その鈍さも可愛《かわい》いな。どうだ、私のものになるか」

「なりませぬ。私は恋をしてはいけない身。だから……」

いっこうに意思の折れない花房の耳朶へ、親王は唇を添わせた。

「男として生きたいのならば、その道、私が拓《ひら》いてやろう。ゆくゆくは摂政関白の位にもつけてやる。女子の身でもな」

熱さと尖《とが》りきった冷たさが渾然《こんぜん》となった声だった。

怯えきっていた花房は、やっと正気に返って親王を見上げた。どこまでも冷たく冴《さ》えた貌は、今まで見知った彼ではなかった。月の光を研ぎ上げた刃に見える。

花房は、親王がなぜ花房を攫う無理をしたのかと、やっと思い至った。

「親王さまは、敦康親王を担いで、今すぐ謀反を起こすおつもりですか？」

光輝親王はひきつった笑いをこぼした。花房の無垢《むく》を愚かだと言わんばかりに。

「謀反？　そなたたち藤原《ふじわら》摂関家に奪われた我ら皇統の実権を、冷泉《れいぜい》の血を継ぐ私が取り戻して何が悪い？　主上が道長へ弓引く度胸がないからには、この私がやるまでだ」

光輝親王は現在の東宮を廃し、さらには一条帝も退位させて、敦康親王を天皇へと一気に進める気なのだ。確かにその後見として座すれば、道長を簡単に排除できる。

「主上も、可愛い我が子へ帝位を譲るのであれば、喜んで従うだろうとも。すでに公卿の半数は、私の味方だ」

母親が身分の低い女御であったため、彼女から生まれた親王・光輝は、帝位争いの線上には並べなかった。しかし、その無念を覆す手が唯一あった。藤原九条《くじょうりゅう》流の娘、定子を妻に娶《めと》り、九条流の勢いを借りて公卿たちを抑える力業である。おまけに私は帝位を狙《ねら》う不埒者《ふらちもの》と睨まれるようになった」

「ところが、にべもなく断られてしまってね。

定子を妻とし、道隆《みちたか》・隆家《たかいえ》父子が全力を尽くせば、あるいは光輝親王を東宮擁立へと持ち上げられたかもしれない。それを定子の父・道隆は「下品《げぼん》の親王」と侮《あなど》ったという。

「私の母の何が悪い？　美しさと才を見初《みそ》められて、冷泉の父に召し上げられた五節《ごせち》の舞姫だ！　藤原の名を鼻にかけた定子ごときが、私の求婚を断るなぞ」

光輝親王の恨みは道隆へと向かった。時とともにそれは宮中を我が物顔でのし歩く道隆の息子ふたりへ移り、さらに時を経て、兄の死により政権が転がり込んだ道長へとつのっていった。

「帝を飾りに利用する九条流の連中から、何もかも奪ってやるとも。敦康親王も実権も、そして花房、お前もだ。初めて会った時に、そう決めたのだよ」

これが傾国の星の下に生まれたということか——。花房は初めて実感した。

「伯父上たちから何もかも奪って、どうなさるおつもりですか」

「隠岐《おき》でも太宰府《だざいふ》でも、好きなところへ流してやろう。ただし都へは二度と戻さない」

「ならば私も、一緒に流してくださいい」

「ならぬ。お前を手に入れるということは、天下を握るのと同じだ。戯れの恋と侮られては困る。私は本気だ。お前ごと九条流の何もかも奪い尽くしてやろう」

不遇をかこっていた親王・光輝にとって、天下を獲《と》ったもうひとつの象徴が花房だった。道長をはじめ、東三条院詮子《ひがしさんじょういんせんし》、皇后・定子、そして隆家——彼らが愛してやまない花房を、我がものにすることこそ、九条流からすべてを奪い取った証《あかし》になると考えたのだ。

「私のものになれ。お前の欲しいものは、この私が全部くれてやろう。地位も富も愛情も溢《あふ》れこぼれんばかりに」

花房は、清らかな仮面を脱ぎ捨てた親王の形相《ぎょうそう》に、身の毛がよだった。

「違う。こんなの親王さまではない」

「いいや、これが私だ。どこぞの陰陽師の入れ知恵で、私にはいかなる政務にも就かせるなと宮廷の中心から外されて、風流と色事にのみ耽《ふけ》らざるをえなかった私の真情は……」

恨みの凝《こご》った親王の面には、悲しみ以外の何かが宿っていた。

——何かが、親王さまを変えてしまっている！

花房は、キッと唇を噛んだ。

「そこまでです！」

親王の陰にこもった気配を破る、明るい声が響いた。

香の力を借り、邸内深くへ見とがめられずに侵入した武春が立っていた。

「花房、無事か」

「武春！　私は何とか……」

「館の警備はどうなっている？　陰陽師のガキひとりが、やすやすと入ってくるとは」

武春を、さも汚いもののように言い捨てた光輝親王の面には、青黒い光が宿っていた。

「花房、離れろ。親王様がおかしくなっているのは、呪詛《じゅそ》をかけられたからだ」

「えっ？」

武春の目には、光輝親王の心臓に何百本もの紅《あか》い針が刺さっている幻が見えた。

そして都に、それも貴族の館を中心に渦巻く数え歌が、親王を取り巻いている。

『ひとつ刺しては　ひたすらに
ふたつ刺しては　深情け……』

「この呪詛は、ひとりの仕業じゃない。ひとりの怨念《おんねん》が増幅されるように、呪《まじな》い唄が編まれて、流布《るふ》されていったんだ。何も知らずに、皆が呪詛を唱えるように」

若造陰陽師の武春だが、彼には天性の〝破魔破邪の陽気〟が備わっていた。

武春の目には、親王が桁外《けたはず》れの規模の邪気に取り巻かれているように見えた。青黒い光に雁字搦《がんじがら》めに捕らえられている。

「用意周到な呪詛で、親王様は人格を乗っ取られていったんだ」

　武春が親王の胸へ手をかざすと、彼の口は耳まで裂けた。

『こざかしい！　またもお前が、私を邪魔するか！』

「……呪詛の主は、今のでわかりました。あなたしか、こんな計画は立てられない。都を呪詛で取り巻いて、親王様のお心まで操作して、そこまで想《おも》いを貫かれるか」

『お前ごときに、何がわかるっ』

　つかみかかってくる親王の両手をすかさず捕らえた武春は、意識を集中させた。陰陽道《おんようどう》の九文字の真言にこそ力を入れられないが、武春は陽の気だけで邪を祓《はら》う才能を持っている。

　武春は渾身《こんしん》の力をこめると、邪気への怒りを全身にためた。長身が光で膨れあがって見えた。

「悪《あ》しき者、汝《なんじ》を縛り、断ち、砕き……」

『おのれ、こわっぱ！　二度はさせぬ！』

　おぞましい形相になった親王が、武春の喉笛《のどぶえ》に噛みつこうと、宙へ身を躍らせた。

　その瞬間、武春は光の波動を放った。

「破るっ！」

　武春の全身から真っ白い光が放たれると、光輝親王の全身が宙へと跳ね返り、その口からは、おびただしい数の紅い針が吐き出された。

滝のごとく溢れる針を吐ききると、宙を舞っていた親王の身体はどすんと床に落ち、そのまま気を失った。

誰が彼を乗っ取って闇《やみ》の世界へ引きずり込んだのか、花房はやっと思い至った。

――……少納言！　宮さまのために、またこんなことを……。

帝位に就けない光輝親王は、一見浮かれた暮らしの中で歯がみしていた。

そして、清少納言からたびたび聞かされる花房の噂話《うわさばなし》で、恋をして――清少納言の呪詛がこのふたつの念を極限まで焚《た》きつけ、やがては野心の塊に成りはてたのだ。

恨みと恋――このふたつの念だけは、理性で乗り越えるのは難しく、ひとたび囚われれば、闇へと簡単に転落するきっかけとなる。

気を失った光輝親王の無事を確かめると、武春は呆然《ぼうぜん》としている花房へ問いかけた。

「ことの起こりは、清少納言様だ。花房も気づいたな」

「うん……」

紅い針の山の傍らで意識を失った月光《げっこう》の宮《みや》に、花房は同情した。

武春は呪詛のからくりを、彼なりに読み解いた。

「おそらく少納言は、親王様の人形《ひとがた》をつくって、自分の思いどおりに動くように、呪《のろ》いをかけつづけたんだ」

紅い糸を通した針を人形へ刺す。それは本来、恋の呪《まじな》いだという。ところが清少納言は、これを光輝親王を思いどおりに動かす呪詛に用いた。さらに彼女は、陰陽道とは異なる独自の韻律で呪いをつくり、貴族の屋敷《やしき》奉公をする女房たちへ伝播《でんぱ》させていった。

内と外からの二重の呪いに取り巻かれ、月の宮から降りてきたのかと褒《ほ》め称《たた》えられた光輝親王も、闇に堕した。

「なぜ少納言は、こんな真似《まね》を?」

「それは……前《さき》の中宮様を、心底お慕いしているからだろう」

定子の忘れ形見である敦康親王を東宮に立て、その守り役として側《そば》近くに侍《はべ》る日を夢見た果ての悪行。慕いつづける定子の面影を、遺児へ託しての呪詛だったのだ。

「可哀想《かわいそう》に……」

花房もこみ上げる切なさを、袖《そで》を嚙んで抑えた。

——宮さまのためなら、鬼にも蛇にもなりまする!

かつて、道長に取《と》り憑《つ》いた清少納言の叫び。それは今も生きている。

一条帝が身も心も捧《ささ》げて愛した后《きさき》は、定子ひとり。たとえ政治の波に呑《の》まれて押しつけられた后が何人いようともだ。

しかし、その清らかな想いは、宮中では通用しない。誰もが定子と関わった過去さえ消し去ろうとしていた。

——許さぬ、私の宮さまを亡きものにしようとする奴《やつ》ばら!

涙は涸《か》れぬ。ただ湧《わ》き出すのみ。

その涙を筆に吸わせて、清少納言は戯れ唄に変えた。

「ひとつ刺しては　ひたすらに……」

清少納言の言葉には、万人を動かす力があった。彼女が魂を込めて呪いと寿唄《ほぎうた》を紡いだ時、誰がそれに逆らえるだろう。

清少納言は、京の辻《つじ》に立って、子供たちにも唄を口伝した。

「ひとつ刺しては　ひたすらに……」

この口伝の力こそが、京の都を取り巻く呪詛となっていったのだ。

「武春、どうか少納言を楽にしてあげて。こんなことする人じゃないんだ、本当は」

花房の手を握った武春は、宙を睨み上げた。

──貴女《あなた》の執着、解き放ってみせましょう。

虚空へ誓ったところで、自信はない。しかし、陰陽の道は人を幸福へ導くためにある。そう信じればこそ、武春は幼なじみに約束した。

「必ず、あの方の呪縛《じゅばく》を解いてあげるから」

第八帖　生霊鎮め

またもや清少納言《せいしょうなごん》が道長《みちなが》へ呪詛《じゅそ》をかけた。今回は道長本人を呪《のろ》うのではなく、彼を倒す傀儡《かいらい》として光輝親王《みつてるしんのう》を使うために。

——恋慕とは、かくも恐ろしいものか。

花房《はなふさ》と賢盛《かたもり》のふたりを伴い、武春《たけはる》は賀茂光栄《かものみつよし》の前で平伏《ひれふ》した。

「光栄おじ。このたびの光輝親王の異変は、やはり清少納言殿の呪詛でありました」

光栄は、年若い従弟《いとこ》が願いを口にする前に、平然と言い当てる。

「そしてお前は、それでも、彼女を救えと頼みに来た」

「誰も好きこのんで、人を呪いはいたしません。なにとぞ」

武春の頼みを遮り、光栄は中空を掃き清める動きをした。〝空鏡〟の術はいくつかの手法があるが、光栄の場合、邪気を祓《はら》ってから空へ鏡を張り、実相をのぞく。

「たいそうな御念だな。またもや本人は、気づかずにやってしまったらしい」

「……えっ？」

光栄の〝空鏡〟が映した清少納言は、丑三《うしみ》つ時《どき》の就寝時の姿。

熟睡していたはずの彼女は、突如むくりと起き上がると、焦点の合わない瞳《ひとみ》のまま、蒔《まき》絵《え》手箱の中から人形《ひとがた》を取り出した。ゆっくりと頭を振りながら、紅《あか》い針を刺していく。

「ひとつ刺しては　ひたすらに
　ふたつ刺しては　深情け……

三つ刺しては　御《み》姿《すがた》の……」

人形に針を刺しながら、清少納言は苦悶《くもん》に身をよじる。

才女の変わり果てた姿に、花房たちは言葉を失った。

髪を振り乱し、呪い唄《うた》を低い声で唄っては、人形に紅《あか》い針を刺していく。悪鬼と化した姿は、知性と情を併せ持つ才女と同一人物とは、とうてい思えぬ浅ましさだった。

「どうしてこうなってしまったの、少納言？」

花房はこぼれる涙をぬぐう前に、虚空に映る姿を止めようと突進した。

しかし、式の鏡に映る清少納言がつかめるわけもなく、浅ましい呪いを繰り返している。

「やめて、もうやめさせて！　お願いだから……」

見るに堪えずに花房は叫び、光栄は〝空鏡〟を閉じた。

昏《くら》い部屋に満ちていた呪い唄は立ち消え、冷え冷えとした静寂が教える。

——清少納言こそが、騒動の仕掛け人だ。

「教えてください、光栄どの。どうして、少納言はあんなになってしまったの？」

清少納言が昼夜で人格が変わる性質なのだと、光栄は苦しげに語る。

昼間の彼女は誰よりも理知的に暮らしているが、夜半になると別の人格があらわれて、無意識のうちに呪詛を行ったのだという。

「理性で抑えている感情が、夜にはひとり歩きするのです」

「そんなことって……」

「生霊《いきすだま》を飛ばすのと同じ原理ですよ。人は感情を抑えて生きてはいけない。知が勝つ人ほど、その歪《ゆが》みも大きくなる」

欲望のままに生きる人間は簡単に躓《つまず》くが、知の勝る者が落ちる陥穽《かんせい》は、いかなる者よりも深く昏い。

「誰よりもまっすぐな方ゆえに、果てなき淵《ふち》へと堕《お》ちられましたな」

光栄は、清少納言がなにゆえに光輝親王を選んだのかも解き明かした。

本来ならば敦康《あつやす》親王の後見は、おじにあたる伊周《これちか》・隆家《たかいえ》兄弟でもよい。しかし清少納言は定子《ていし》失脚のきっかけとなったふたりを、道長と同じくらいに憎んでいた。そもそも、この兄弟が花山院《かざんいん》へ矢を射かけたりしなければ、定子は内裏を追われることもなく、敦康親王は次期東宮として大切に扱われてきたはずなのだ。

――おふたりさえきちんとしていれば、宮さまも敦康さまもお幸せだった。

そこで清少納言は、政治的野心から最も遠かった光輝親王に白羽の矢を立てた。

誰もが圧倒されるほどの美貌《びぼう》と才気を持ち合わせる親王である。彼を旗印とすることで、公卿《くぎょう》たちの動向も変わり、道長の追い落としへつながると考えたのだ。

「頭の切れるお方だ……まったく」

花房の噂《うわさ》をしつこいまでに文にしたため、親王を隠棲《いんせい》する宇治《うじ》から都へ引っ張り出したのも彼女だった。花房を餌《えさ》に親王を釣りだし、思いどおりに動くよう、夜毎《よごと》呪詛をかけつづけた。――人形に針を刺して。

「決め手は、とんでもない数え唄です。あの唄を都に流行《はや》らせることで、呪詛は無数に増幅される。この呪詛の取り囲みで、光輝親王は完全に取り込まれてしまったのです」

花房と賢盛は、女たちに流行っていた俗謡を思い出して震えた。

「あの唄をつくったのは……」

「清少納言でしょう。呪《のろ》いと寿《ほ》ぎが綾織《あやお》りになった呪《まじな》い唄です。陰陽師《おんみょうじ》がつくったものは韻律に則がある。それなら簡単につくり手が追えた。私たちの世界では陰陽の則にのっとった呪いには、必ず署名が入るのです。でも彼女のは違う律だ。武春が看破するまでは、見当がつきませんでした」

花房は、幼なじみの陰陽師を、初めて尊敬の眼差《まなざ》しで見上げた。

「武春、すごいな！　光栄さまさえわからなかったことを」

「でも、式神はまだ使えない、だろ？」

賢盛が半人前の陰陽師へ、ニヤリと笑ってみせた。

「俺、頑張る。花房を護《まも》れるくらい強くなってみせるから」

光栄は片頬《かたほお》だけで笑ってみせた。

「その気持ちは、すべてのものへ向けてほしいね。お前の陽気は天からの下し物だ」

光栄は中空に視線を彷徨《さまよ》わせる。閉じたはずの〝空鏡〟だが、実は光栄にだけ見える残像がつづいていた。

「呪詛は……自覚のない暴走は、その身に何倍にもなって跳ね返る」

清少納言がつのらせた定子への思慕は、日ごと彼女を締め上げるだろう。

「だが、それはあまりに哀れだ。――遣わせ、氷宮《ひのみや》」

光栄が手を叩《たた》くやいなや、螺鈿《らでん》に煌《きら》めく香合が、障子を突き破る勢いで飛来した。それを難なく受け止めた光栄は、「確かめた」と宙へ笑い返した。

これが陰陽師の日常だ。式神を使うのは術のひとつにすぎない。

「すごい……」

花房は後ずさりした。ここからずいぶんと離れた氷宮の陰陽師の館《やかた》から、香合だけが飛んでくるとは、信じがたい出来事だ。

「私たちの世界では、これが常識ですよ、花房殿」

中空を飛来した香合を手渡され、花房はあたふたした。

「これを、どうしましょう？」

「清少納言殿へ、普通にお贈りください。この香の名は〝結《けち》〟。恋しい者と結ばれる夢を見させてくれるのです。これで少納言殿も、穏やかな眠りを得られるでしょう」

「すげえな、おっさん……」

賢盛の口の悪さに片眉《かたまゆ》を上げた光栄は、指を鳴らした。

「なっ？」

皮肉屋の賢盛は、背後から見えない手で頭を叩かれた。これも式のしわざである。

＊　＊　＊

花房を無傷で取り戻した道長は、急いで事態の収束にかかった。

敦康親王を手放すつもりはないと、一条帝《いちじょうてい》へ奏じたのである。これは帝《みかど》に対して、大切な息子を人質に取っているから逆らうなと警告したにすぎない。次に逆らった場合は、すぐさま東宮の居貞《おきさだ》親王へ譲位させ、一条帝もろとも敦康も内裏から葬り去ると脅したのだ。

——こちらへ牙《きば》を剥《む》いたからには、首の皮一枚で生かしておかないと。

道長は、無数の修羅場をからくも生き抜いてきた政治家だ。甥《おい》の一条帝といえども愛する前に〝道具〟だった。東三条院《ひがしさんじょういん》で共に暮らしていた頃の記憶もおぼろげとなり、権力と地位を懸けての争いが、ふたりの絆《きずな》を裂いていった。ゆっくりと、確実に。

——あの頃は愉《たの》しかったな、懐仁《やすひと》。

すでに道長の意識においては、愛する甥は花房ひとりしかいない。

「おい、花房を呼べ」

すぐに、賢盛と一緒に花房が、道長の私室へ駆け込んできた。

「伯父上、何用でございましょう」

冷酷な決断をしたばかりの左大臣は、ふと緊張をといた。

「我が家には一年中、桜が咲いているな……」


清少納言の呪詛が解けた光輝親王は、再び宇治の山荘へ帰ると決めた。

敦康親王立太子の可能性は道長に潰《つぶ》され、政治の中央から姿を消さねば、以後の進退が危ないと判断したからだ。元より彼は、政治的な野心が強くはなかった。そして、清少納言の呪詛を返したことで、増幅された積年の無念も抜け落ちた、というのもある。

道長からの警告も、親王には響いた。

ある日、門の前に断ちきられた桜の太い枝が置かれていたのだ。

──こちらの手のうちの桜、手折《たお》れるものなら、折ってみろ。

道長からの返歌がわりの回答であった。

「花房を攫《さら》ったがゆえに激昂《げきこう》したか……」

深いため息とともに宇治への帰還を決めた光輝親王は、別れの宴《うたげ》を催した。

伊周・隆家の兄弟をはじめ、親王のもとへ集っていた公卿が連なり、お忍びで一条帝までもが臨席していた。

その席へ招かれた花房は、初めて会った時の煌めきを取り戻した光輝親王に安堵《あんど》した。

月の光のように冴《さ》えた美しさは、いかなる者も及ばぬものがあった。

──誰よりもきれいで洒脱《しゃだつ》な親王さま……。

花房の来訪に、光輝親王の白皙《はくせき》が輝いた。政争に敗れた色はみじんも見えず、飛びたつ前の渡り鳥のような清々《すがすが》しさだけがある。

「永《なが》の別れではない。また気ままな暮らしに戻るだけだ」

花房を手前に寄せた親王は、人目も憚《はばか》らずその手を握った。

「今ひとたびの思い出に、そなたと舞いたい」

別れの連れ舞いを申し出た親王に、花房は困り切った。

「しかし、何を？　私が舞えるのは、ほんの数曲」

「もちろん『青海波《せいがいは》』だ。私が教え、そなたが添うた。私が導き、そなたが追いかけた」

これは幕引きだった。

誰にも恥じずに恋を囁《ささや》き、かなわぬとあっても誇り高く別れを告げる。風雅を極めた人となりが、別れの宴すら艶《なま》めかせてみせる。

「親王さま、つたなき私に今一度『青海波』をご伝授くださいませ」

「今度は遠慮しない。私は本気で舞う」

「追いかけます。それが私の精一杯でございます」

楽人たちが垣代《かいしろ》の陣をなし、花房は庭へと降りた。親王が微笑《ほほえ》んでいる。

別れのために用意された舞台だ。広大な海原を思い描いて、花房は息を整えた。

――走る男波《おなみ》、追いかけて女波。寄せて返して、青海の栄《は》えが広がって……。

海の律が花房の中で高まっていく。波が寄せてくる。

「いざ、花房」

光輝親王が舞の役に入った途端、宴の席には光の波が押し寄せた。

「これは……」

客たちは、息をつめて見つめた。

――親王さま、今までの慈しみ、忘れはしません。

花房は背を張ると、親王の気配にぴたりと添った。

光に映えた桜が、海原へ花吹雪を散らす幻影を誰もが目にした。ふたりの舞は、海を舞台に光と花が互いを讃《たた》える、かつてない『青海波』となった。

親王が駆け、花房が追いかける阿吽《あうん》の呼吸で添っていく。

ふたつの波が響き合い、連れ舞いへと昇華していく……。

花房を手に入れたと、親王は舞うことによって宣言した。恋の成就は閨《ねや》のみならず、舞の場でも起こりうるのだ。風雅な親王の誇りが結晶した舞台であった。

「宮中の暮らしに疲れたら、いつでも宇治へ来るがいい」

そうして、月のように光り輝いた親王は、宇治の山荘へと去っていった。


敦康親王の立坊計画は水面下で立ち消えとなり、彼は道長・彰子《しょうし》親子の庇護《ひご》の下、進退の定まらないまま育てられることとなった。

宮中は、一見穏やかさを取り戻したが、道長の心は波立ったままだ。娘の彰子が男児を身ごもらなければ、彼の現政権は盤石ではない。他家から嫁いだ后《きさき》が先に男児を産めば、敦康の対抗馬となる。帝を他家の后へ通うのを防ぎ、自家の男孫をつくるには、まだ彰子は幼かった。

——花房が女であれば、どれほど楽に勝負を進められたか。

何度となく押し寄せる妄想だった。

道長もまた、無意識のうちに花房の秘密を嗅《か》ぎつけているのかもしれない。

そして彼は、とある中級貴族から届いた文を、火鉢へと投げ捨てた。

「冗談ではない」

花房を婿に取りたいとの打診は、引きも切らない。二十代で蔵人《くろうど》の地位に就き、左大臣・道長が後押しする花房を狙《ねら》う貴族は多い。花房を手中にすることで、道長の庇護を受けられると計算しての縁談だ。

以前、花房のもとへ通う謎《なぞ》の女性が現れたと聞いた時には、大喜びしていた道長だったが、いざ婿取り婚となると気持ちはまるで変わった。

——花房が私の館から離れるだと?

道長は火鉢に燃え残った滓《かす》へ、苛立《いらだ》ちのままに火箸を突き立てた。


都は平静を取り戻し、花房はまたもや姿を消した清少納言を不憫《ふびん》に思った。

実家にも戻らないという彼女の行方は、杳《よう》として知れなかった。

馬を郊外へと走らせて、花房は共連れの賢盛と武春へ問いかけてみた。

「ねえ武春。少納言は、あの香を使ってみたのかな？」

「花房からの贈り物だ。まずは使うだろう。そうすれば少しは楽になる……」

清少納言が定子へ抱きつづける敬愛と思慕。そして道長と伊周兄弟へつのる憎悪。そんな執着の苦しみから、聡明《そうめい》で純粋な人を救い出さねばと、花房も武春も気にかけている。

しかし、皮肉屋の賢盛は愛馬の尻《しり》へ軽く鞭《むち》を入れると、くいっと顎《あご》をしゃくった。

「お前たち、甘くないか？　あの才女は、またやらかす予感がする」

「それは少納言に失礼じゃないか。謝れ」

武春の言葉に、賢盛はぷいと横を向いた。

「いやだね。親王様に呪詛をかけるなんて、ヤバすぎるだろ」

「でも、無意識だったんだよ。少納言を赦《ゆる》してあげて」

花房の取りなしにも、乳兄弟は態度を軟化させない。

「ふん！　俺は親王様が大好きだった。お前に迫らなきゃ、最高にいい方だったよ」

「そうだね、俺も大好きだった。きっと道長様の次に」

武春は、頰を切っていく風に目を細めて頷《うなず》く。

賢盛と武春が馬の脚を速めたので、花房は慌てた。

「ふたりとも、そんなに急いだら馬がつぶれちゃうよ！」

「いや、俺の雷電《らいでん》はつぶれない」

賢盛が笑った。

「俺のもだ！」

武春は花房へ笑いかけると、もう一度、馬の尻へ軽く鞭を入れた。

「花房が追いつけないくらいに、走ってやる」

「ふたりとも、待ってくれ！」

三人の駒《こま》は、青い空の下を全力で疾走した。

あとがき

もしも、光源氏《ひかるげんじ》のリアルモデルが存在したら、平安時代は大変なことになっていたかもしれない……というのが、『源氏物語《げんじものがたり》』を初めて読んだ小学生時代の感想でした。

それも、藤原道長《ふじわらのみちなが》と対決しちゃったら、もっともっと大変なことになるかもしれない、と妄想しつつ、こじらせて幾星霜《いくせいそう》――で、書いちゃった……。これを赦《ゆる》してくださった講談社さまの寛大な心に、まずは感謝でございます。

光源氏って桁外《けたはず》れの女ったらしで、マザコンの美男子ですよ。危険物件です！　わー、タチ悪いわ。美貌《びぼう》と才覚と血筋の良さと、三拍子揃《そろ》った女ったらしです。こんなのがそばにいたら、心臓バクバクしちゃってとても平常心ではいられません。実在の俳優では、光源氏を演じきれる方はまずいらっしゃらないと思います。

光源氏は、誰にも追いきれない美しの君なので、ただ憧《あこが》れるのみなのかな……。てなことで、光源氏のモデルなる人物を妄想で造形し、イチャイチャさせることにしたのが今作です。『源氏物語』ファンの方々には申し訳ないことしきりですが、現実に光源氏が存在したら、きっと誰もが腰を抜かして、まともに対面できないのではないかと心ひそかに思うのでした。

想像力の欠如を補うため、今回、平安時代を描くにあたって、まずは雅楽を聴き込んでみました。舞楽の映像もいろいろ確かめてみました。しかし、千年の時の隔たりは厳然とありまして。

――千年後の私たちが、感じる平安時代とは何か？

もっと別の、心揺さぶられる何かを探して、見つけたＢＧＭは……。

『ヨーヨー・マ・プレイズ・エンニオ・モリコーネ』の楽曲でした。わあおっ！（宣伝ではございません。あくまでも個人的な感想です）

――源氏の君は、東洋系アーティストとイタリアンにも通じる！

不思議と納得した、落としどころです。ご興味のある方は、一度トライしてみてください。ピッタリとくるＢＧＭかと思いますが。

そして、今回も由羅《ゆら》カイリ先生の美麗なイラストに感謝しきりです！

平安ロマンを華麗に彩ってくださる美貌の筆に、御礼申し上げ奉ります。

また次巻でも皆さまに、お目にかかれることを祈って。

二〇一七年師走《しわす》吉日

東《あずま》　芙《ふ》美《み》子《こ》

『桜花傾国物語　月下の親王』、いかがでしたか？
東《あずま》　芙美子《ふみこ》先生、イラストの由羅《ゆら》カイリ先生への、みなさまのお便りをお待ちしております。

東芙美子先生のファンレターのあて先
〒112-8001　東京都文京区音羽2-12-21　講談社　文芸第三出版部「東芙美子先生」係
由羅カイリ先生のファンレターのあて先
〒112-8001　東京都文京区音羽2-12-21　講談社　文芸第三出版部「由羅カイリ先生」係

N.D.C.913　252p　15cm

東 芙美子（あずま・ふみこ）
東京都在住。アパレル企業、テレビ番組制作プロダクション勤務を経てフリーの放送作家に。ドキュメンタリー番組、情報系番組等を手がける。歌舞伎と歴史・時代モノが大好物。
他の著書に『梨園の娘』『美男の血』などがある。

講談社X文庫

white heart

桜花傾国物語《おうかけいこくものがたり》　月下《げっか》の親王《しんのう》

東《あずま》　芙美子《ふみこ》

●
2017年12月26日　第1刷発行

定価はカバーに表示してあります。
発行者——鈴木　哲
発行所——株式会社　講談社
東京都文京区音羽2-12-21　〒112-8001
電話　編集　03-5395-3507
販売　03-5395-5817
業務　03-5395-3615
本文印刷—豊国印刷株式会社
製本——株式会社国宝社
カバー印刷—半七写真印刷工業株式会社
本文データ制作—講談社デジタル製作
デザイン—山口　馨

ISBN978-4-06-286973-7

講談社X文庫ホワイトハート・大好評発売中！

公爵夫妻の面倒な事情
芝原歌織
絵／明咲トウル

ひきこもり公爵と、ヒミツの契約結婚!? まだ見ぬ父を捜すため、ノエルは少年の姿で宮廷画家をめざす。ところが仕事先の公爵リュシアンに女であることがバレて、予想外の申し出を受け入れることに……？

天空の翼　地上の星
中村ふみ
絵／六七質

天に選ばれたのは、放浪の王。元王族の飛牙は、今やすっかり落ちぶれて詐欺師まがいの放浪者になっていた。ところが故国の政変に巻き込まれ……。疾風怒濤の中華風ファンタジー開幕！

薔薇の乙女は運命を知る
花夜光
絵／梨　とりこ

少女の闘いが、いま始まる!!　内気で自分に自信のない女子高生の牧之内莉杏の前に、二人の転校生が現れた。その日から、莉杏の運命は激変することに!?　ネオヒロイックファンタジー登場！

魂織姫　運命《さだめ》を紡ぐ娘
本宮ことは
絵／くまの柚子

水華は紡ぎ場で働く一介の紡ぎ女。繊維産業を誇る白国では少女たちが天蚕の糸引きに従事するのだ。過酷な作業に明け暮れるなか、突然若き王が現れて、巫女に任ぜられる。

花の乙女の銀盤恋舞
吉田　周
絵／天領寺セナ

古の国で、アイスダンスが紡ぐ初恋の物語。まだ恋を知らない、姫君ロザリーア。幼馴染みの貴公子リクハルドは、彼女を想い続けていたが、恋心は伝わらない。初恋成就のラストチャンスは「氷舞闘」への挑戦だが!?